Raffl

a storïau eraill

Aled Jones Williams

Argraffiad cyntaf: 2023
ⓗ testun: Aled Jones Williams 2023

ISBN clawr meddal: 978-1-84527-913-4

ISBN elyfr: 978-1-84524-549-8

CYNGOR LLYFRAU CYMRU

Cyhoeddwyd gyda chymorth Cyngor Llyfrau Cymru

Cynllun y clawr: Eleri Owen

Cyhoeddwyd gan Wasg Carreg Gwalch,
12 Iard yr Orsaf, Llanrwst, Dyffryn Conwy, Cymru LL26 0EH.
Ffôn: 01492 642031
e-bost: llyfrau@carreg-gwalch.cymru
lle ar y we: www.carreg-gwalch.cymru

Argraffwyd a chyhoeddwyd yng Nghymru

Cyflwynedig i
Meuryn Eben – yr anrheg gora'
oddi wrth Taid

Rhagair

Yn Hydref 2021 cyhoeddodd Gwasg Carreg Gwalch gyfrol o straeon byrion o'm heiddo dan y teitl *Tynnu*. Fe'u hysgrifennwyd yn weddol 'gyflym' yn ddyddiol rhwng Ionawr a Chwefror 2021 a'r pla Cofid yn ei anterth. Er nad am y 'pla' y mae'r storïau, teimlais ar y pryd, ac yn fwyfwy wrth edrych yn ôl, fod cysylltiad rhwng y ffurf – y Stori Fer Iawn, i ddefnyddio disgrifiad Ernest Hemingway o'r math o ffuglen yr oedd ef yn ei ymarfer ac sy'n gweddu i'r dim i'r hyn yr oeddwn i yn ceisio ei wneud; teitl hefyd a ddefnyddiwyd gan Dr Sioned Puw Rowlands pan gyhoeddodd dair stori gennyf yn *O'r Pedwar Gwynt* ar lein – a chyfnod enbydus yr ysgrifennu. 'Cadarnhawyd' fy nhybiaeth pan ddarllenais ym mhapur newydd *The Observer* (30:01:2022) mewn erthygl yn honni fod y stori fer yn wynebu adfywiad: 'Life is coming undone and the short story has that potential to reflect it more than anything.' Hwyrach fod natur darniog a thameidiog y stori fer, a'i phwyslais ar *rŵan* ein bywydau, yn medru dal yn gysáct y gymdeithas doredig, chwâl y teimlaf fy mod yn rhan ohoni. Ond, efallai hefyd mai y stori fer iawn sy'n gweddu orau i fy natur llenyddol i fy hun. Rwyf ar fy ngorau hefo'r byr a'r pytiog. I'r craff, pytiau'n cyd-asio yw fy nramâu a fy nofelau, heb sôn am y bryddest 'Awelon'.

Agor y drws a wnaeth *Tynnu*. Yr oeddwn mewn ystafell lawn 'dodrefn'. Mewn geiriau plaen, mae mwy o storïau. Ond fel nifer o'r storïau yn *Tynnu*, nid rhai 'confensiynol' ydynt. Cofiaf o hyd, John Gwilym Jones, ac yntau'n dysgu Saesneg i ni yn y Chweched yn Ysgol Dyffryn Nantlle, yn dweud ar ganol gwers ar John Donne iddo fo ysgrifennu *Y Goeden Eirin* yn bennaf er mwyn dangos fod yna ffordd arall o ysgrifennu stori fer. Mewn geiriau eraill, ffordd wahanol i Kate Roberts. Arhosodd hynny yn fy nghof, fel y mae John Gwil, y dyn a'i weithiau, yn aros yn fy nghof. Mae yna wastad ffyrdd eraill o ysgrifennu fel ag y mae yna wastad ffyrdd eraill o fyw. Nid wyf erioed wedi bod yn or-hoff o realaeth. Ac o ddydd i ddydd rhowch i mi'n wastad y rafin o flaen y ddynes dda neu'r dyn da. Os oes gennyf bwnc, amwysedd moesol yw hwnnw. Bywydau'n 'coming undone' i fenthyca o'r sylw yn yr *Observer* ddyfynnais gynnau. Rhywle yn y byd hwnnw y bydd y storïau newydd hyn yn tin-droi.

Mae rhywbeth arall. Ers tro'n byd rwy'n ymwybodol fod rhai pethau a *fu*'n bwysig i mi yn dyfod i ben. Ni welaf yng Nghymru unrhyw ddyfodol i Gristionogaeth, er enghraifft. Fy arswyd nad yw'r iaith Gymraeg mor ddiogel ag a fynn rhai. Gwynt teg ar ôl ambell beth: byddwn wrth fy modd medru dweud fod Cyfalafiaeth ar fin diflannu gyda'r chwaer hyll Torïaeth ar ei hôl. Ond nid felly. Teimlaf fod egin rhyw newydd-deb ar ddod. Nid o angenrheidrwydd yn ddaionus. Wedi'r cyfan, mae'r newid hinsawdd yma'n barod. Mae pethau'n chwalu. O'r ymdeimlad yma o chwalfa y daw'r storïau hyn. Bydoedd gwyrgam sydd yma. A phobl sy'n dyllau i gyd heb ruddin. Nid llenor gobeithiol ydwyf; ni fûm erioed.

Yn y bydoedd hyn triga pobl y ffasiwn gymdeithas – a chofier nad disgrifiadau dystopaidd sydd yma; bywyd bob dydd a geir, oherwydd yn y bywyd bob dydd y mae'r gwyrgam nid mewn rhyw fyd 'apocalyptaidd ar ddod' – chi a fi ar sawl ystyr, ond nid cweit. Fe'ch cyflwynaf i Selwyn 'Sandals' Evans a Hona MacShane. Oherwydd fy agosatrwydd at fy mam a fy nain – a waeth gen i ddim os nad ydych yn derbyn yr esboniad yna – mae'n haws gennyf ysgrifennu'r benywaidd yn hytrach na'r gwrywaidd. Er na fynnwn fod o dan yr un to â hi – ch'uthwn i ddim beth bynnag – Hona MacShane sydd wedi rhoi y pleser mwyaf i mi'n greadigol erioed. Bob dydd dywedaf, 'Wel, Hona, be' sy'n digwydd heddiw?' Chwilfrydedd yw un o'r pethau a ddylai 'yrru' llenyddiaeth. Os yw cymeriad yn dweud rhywbeth amdani/amdano ei hun nid oes raid i'r un sy'n ei d(d)ilyn – 'yr awdur' – gredu yr un gair ond mynd yn ddyfnach. Mae chwilfrydedd yn golygu hefyd amheuaeth. Mae pob cymeriad yn cuddio rhywbeth. Dat-guddio yw gwir 'hanfod' llenyddiaeth. Awdur fel-a'r-fel yw'r un sy'n setlo am y peth cyntaf a ddywedir wrthi/o. Hawdd iawn yr adnabyddir ysgrifennu lle y mae'r cymeriad/au wedi twyllo'r 'awdur' yn llwyr. Yr 'awdur' sydd wedi llyncu pob dim; druan ag o/â hi. Ar y cyfan, 'awdur' sydd wedi fy nhwyllo'n llwyr wyf fi. Mae Hona MacShane a'r lleill eisioes yn eu dyblau'n chwerthin.

Peidied neb â chwilio yma am 'ystyr'. Be' ydy ystyr y stori hon? Does 'na 'run. Oherwydd nad oes 'ystyr', dim ond bywyd. Llenyddiaeth y 'neges': yma mae stori, neu gerdd, wedyn y mae'r 'neges'. Efallai mai gwaddol crefydd yw hynny: bywyd a'i ystyr. Yr wyf bellach yn ymwrthod â'r math yna o lenyddiaeth. I'w fyw y mae bywyd. Yr wyf wedi gwastraffu gormod o amser yn barod yn chwilio am ei 'ystyr'.

Ond wrth ysgrifennu, gobeithio y daw y pleser od hwnnw – byr ei barhad, fel pob pleser, wrth gwrs – o gwblhau stori yn gwybod eich bod wedi taro 'nodyn cywir'. Fod rhyw ddilysrwydd wedi ei gyflawni gennych. Rhywbeth rhwng yr awdur a'r geiriau yw hyn. Ac ni all unrhyw 'ganmoliaeth' wedyn, boed adolygiad cadarnhaol, gwobr, neu unrhyw ffurf arall ar y 'wel dỳn' cyhoeddus, fyth oddiweddyd, na difa y foment llawn gwirionedd bron honno, a neb yn yr ystafell ond yr 'awdur' a'r geiriau o'i b/flaen. Hyn, mae'n debyg yw rhyddid. Dylai hyn fod yn 'rhybudd' i'r darllenydd diog – ysywaeth, y mae llawer o'r rheiny – iddo/iddi ddilyn cyngor Vladimir Nabokov: 'Why not have the reader re-read a sentence now and then? It won't hurt him.'

Fy arferiad yw darllen ac ysgrifennu ar yn ail, a rhoddi'r flaenoriaeth i'r darllen. Os am ysgrifennu, yna darllenwch yn helaeth. (Mae gormod o gyrsiau ar Sut i Ysgrifennu.) A chefais gwmpeini ysgrifenwyr anhygoel: Donald Barthelme, Lucia Berlin, Grace Paley, George Saunders, a dychwelyd at hen ffrindiau fel Lydia Davis a darganfod drwyddi A.L. Snijders. Ac wrth reswm heulwen haf parhaol fy narllen i gyd, Kate Roberts.

Y mae'r cwbl o'r storïau wedi eu lleoli yn fy hoff dref, Blaenau Seiont. A'i gwallgofrwydd hyfryd.

Yma hefyd y mae'r dilyniant 'Chwefror 11eg' y mae iddo ei ragair ei hun am resymau amlwg.

Am y tro,
Aled

ANTURIAETHAU

SELWYN 'SANDALS' EVANS

Raffl (1)

'Fydda i *byth* yn ennill dim byd,' meddai Morwen Mason.

'Wel, na fyddi siŵr,' ebe Bev 'Honey' Parry yn ôl wrthi, 'A chditha fyth yn prynu ticad raffl.'

Bev 'Honey' Parry oedd wedi ennill sawl hampyr 'Dolig, dau her-dŵ llynedd yn *Snips*, a thair blynedd ar ddeg yn ôl i heddiw – dyna od – yr enillodd y wicend i ddau (hi a'i gŵr bryd hynny, Malcolm) yn Birmingham lle cyfarfu ar y pnawn Sadwrn hwnnw â'i gŵr presennol, Crad.

Ond 'Arglwydd mawr o'r nef!' oedd ymateb Bev 'Honey' Parry, pan glywodd mai trip o gwmpas lladd-dy yn Sir Fôn yr oedd Morwen wedi ei ennill. 'Tupical,' ychwanegodd o ddeall mai Selwyn 'Sandals' Evans ar ran y Bowling Grîn oedd wedi perswadio Morwen Mason, a hynny'n groes i'w daliadau, i brynu o'r diwedd un, un tocyn raffl. (Esboniad Bev 'Honey' Parry ar 'ddaliadau' Morwen Mason oedd mai crintachlyd ydoedd. 'Mean', wrth reswm, oedd gair Bev.)

Beth bynnag, gofalodd Morwen hebrwng Bev ar hyd y pafin at y car lle roedd Crad yn aros am ei wraig bresennol, gadael iddi eistedd cyn gwyro'i phen i mewn drwy ffenesd agored y gyrrwr a holi: 'Ond sut 'ra i i Sir Fôn?' yn gwybod yn iawn y byddai Crad bownd o ddeud yn ei iaith ei hun, 'Mi awn ni â chi yn gnawn Honey?' Mi wnâi Crad unrhyw beth i Morwen.

'Arglwydd, dwi isho chwdu,' meddai Bev 'Honey' Parry yn rhoi'r hances boced ar ei cheg wedi i Morwen Mason ddychwelyd yn ôl i'r car ar ôl ei thaith ddwyawr o gwmpas y lladd-dy, gan ddisgrifio'n afieithus fel y gwelodd fuwch yn disgyn yn glewtan yn y gawell haearn wedi i'r dyn danio'r gwn i'w thalcen, ac iddi hi, Morwen, ofyn am gael gweld hyn'na eto oherwydd ei fod o mor ecsaiting, a gweld wedyn y fuwch yn cael ei llusgo ar tjaen a'i halian a'i hongian a'i hollti a'i hymasgaroedd hi'n twalld allan, a gwaed yn stillio a chael ei ddal mewn bagia plastig mawr, a bod 'na lot mwy nag oedd hi erioed wedi feddwl o waith i baratoi 'stêcs a shin bîff ar 'n cyfar ni; a mi oedd y dyn yn sori nad oedd 'na ŵyn heddiw fel y medrwn i gael demonstreshyn, ond sbia, a 'don i ddim 'di disgwl hyn, mi ges ddwy stecan mewn trê polistairin a dau lond bag plastig o waed sy'n grêt i'r rhosod, medda fo, y cwbwl am ddim, cofia.'

'Ond sgin ti'm rhosod,' meddai Bev 'Honey' Parry yn tynnu'r hances boced oddi ar ei cheg.

Ac fel o nunlle gwawriodd ar Bev 'Honey' Parry nad oedd gan Morwen Mason ŵr ychwaith. Nad oedd wedi priodi erioed.

Raffl (2)

Roedd hi bellach allan o'r awyren – 'Mi rwyt ti 'di ennill parashwt jymp yn y raffl,' meddai Selwyn 'Sandals' Evans wrthi, 'ond iti ddangos dy dicad nde'; yr hyn a wnaeth, wrth reswm, gan ei bod yn cadw pob tocyn raffl a lotyri'n ddiogel o dan Yr Hogan yn Godro'r Fuwch ar y silff ben tân – a theimlodd holl gorff, neu'r hyn deimlai fel holl gorff yr hyfforddwr – pedair ar hugain mlwydd oed, pan ofynnodd iddo gynnau – yn ei chynnal a'i dal, ac wedyn y meddalwch mwyaf. 'Be oedd hwnna?' meddai wrtho, 'Ni sy' 'di landio,' meddai yntau. A sŵn ben bora Llun leiniad o ddillad yn sychu y tu ôl iddi, a 'Y parashwt ydy'r sŵn yna,' meddai wrthi, 'yn mynd yn llipa hyd y cae ac yn llusgo.' Ac amgyffredodd hithau ar wastad ei chefn yn y gwair, yr hyfforddwr ar ei hyd wrth ei hochr, fel yr oedd hi wedi gwirioni'n llwyr ar y synau yn *parashwt*.

Raffl (3)

'O-reit! O-reit!' gwaeddodd Helga Morgan i gyfeiriad y drws caeedig lle medrai weld yn y gwydr ffrosted glàs gryndod siâp dyn oedd yn canu'r gloch drosodd a throsodd.

'Be haru ti'n gneud y ffasiwn gomoshwn fel hyn ben bora?' meddai wrth Selwyn 'Sandals' Evans, ei fawd yn dal ar fotwm y gloch pan agorodd y drws iddo.

'Ti 'di ennill y raffl,' ebe Selwyn wrthi.

'Naddo!' meddai hithau, 'Paid â deud. Dwi rioed 'di ennill raffl yn 'n nydd.'

'Rŵan ta,' meddai ef, 'y cwbwl dwisho gin ti ydy'r ticad a mi gei dy breis.'

'Be ydy'r preis?' ebe hi.

'O,' meddai ef, 'Mi ddaw hynny i'r amlwg gin gyntad ag y gwela i a'r Comuti y ticad.'

'Be wn i lle ma'r ticad. I be fyddwn i'n 'i gadw fo a finna 'rioed 'di ennill 'run raffl.'

'Dim ticad, dim preis.'

'Wel sut wt ti a dy Gomuti'n gwbod mai fi 'di'r wunyr ta?'

'Ma dy enw di ar y bonyn tydi. Ma gin ti'r un nymbyr a sy gynnon ni. Fela ma' clocrwm ticets yn gwithio. Dan ni'n rhoid un darn i chdi a chadw'r darn arall hefo dy enw di a dy adres di neu ffôn nymbyr a phan dan ni'n tynnu'r nymbyrs bob pnawn Gwenar am dri yn y Bowling Grîn dan ni wedyn yn gwbod pwy sy 'di ennill. Felly dangos o.'

'Ond os dach chi'n gwbod ma fi sy 'di ennill pam fod raid 'mi ddangos y ticad i chi?'

'Wel tydan ni ddim yn gwbod yn iawn mai chdi sy 'di ennill yn nacdan tan i ni weld fod y nymbyrs yn matjo. Ma raid wrth y ddau damad, fel bod un yn conffyrmio'r llall. Fela ma'n gwithio. Ffendia fo.'

Erbyn chwech o'r gloch y gyda'r nos honno yr oedd Helga

Morgan wedi tynnu'r tŷ yn gareiau. Yr oedd hi ar ben y grisiau yn edrych i lawr ar y llanast yn y gwaelod. O'r tu cefn iddi o'r ddwy lofft yr oedd llanast arall yn ymwthio drwy'r ddau ddrws i'r landing. Yn yr holl chwilio cafodd hyd i'w modrwy dyweddïad. Symudodd hi 'nôl a blaen o gledr un llaw i gledr y llaw arall. Ond yr oedd hi'n berson gwytnach heddiw.

Clirio amdani ta. Fel erioed.

Yr oedd ganddi eog a salad i swper.

Raffl (4)

'Yr ecsffolieishyn fydd yn digwydd gynta,' meddai Denise wrth Harry Raymond; Denise hefo ai-lashis fel dwy gribin wrth ochra'i gilydd, ei chroen yn frown fel y tu mewn i jar o instant coffi. Harry Raymond y dywedwyd wrtho gan Selwyn 'Sandals' Evans, 'Ti 'di ennill ffeishal yn y raffl ond i ti ddangos dy dicad. Dwi 'di ca'l gair hefo'r Comuti yn y Bowling Grîn a ma'n iawn i chdi roid o i Annie Maud.' Meddyliodd Harry Raymond am y peth am ychydig eiliadau cyn dweud: 'Na. Mi g'mera i o'n hun.'

'Tynnu'r croen marw ma hynny'n 'i feddwl,' meddai Denise, blaen ei bys yn troelli'n ysgafn mewn cylch lleiaf erioed wrth ymyl ei drwyn, bron ar ei wefus, 'Ma gyno chi wynab arall o dan hwn 'chi.'

Raffl (5)

Heno yr oedd Selwyn 'Sandals' Evans mewn gwewyr mewnol: yr oedd rhif 56 ac 19 wedi glynyd yn ei gilydd, felly wrth dynnu'r ticed o'r bag tynnwyd yn ddiarwybod ddau, a gan hynny yr oedd nid un enillydd ond dau. A dim ond un wobr, wrth reswm.

Tybed, awgrymodd Evans Senior, cadeirydd dros dro Comuti'r Bowling Grîn, y dylid setlo ar dderbyn y rhif oedd yn y golwg ac anwybyddu'r un distaw oedd yn gudd? Felly rhif 56 amdani? Beth, cynigiodd Maldwyn Gordon-Rees, petaem yn dilyn cyfarwyddyd yr adnod: y rhai olaf a fyddant flaenaf, ac felly y rhif o'r golwg, sef 19, oedd yr enillydd?

Ond nid oedd Selwyn 'Sandals' yn fodlon ar 'run o'r cynigion hyn, na'r cynigion eraill ychwaith. Ei gynnig ef ei hun a gariodd y dydd, sef y byddai'n ymweld yn bersonol â'r ddau enillydd, cael sgwrs â hwy, a cheisio rhyw lun ar gyfaddawd. Yr oedd yn rhoi gwaith iddo'i hun, wrth reswm, ond yn fwy na hynny yn rhoi gwewyr iddo'i hun oherwydd yn y bôn dyn swil ydoedd.

'Gwranda,' meddai Selwyn ar ei union ond heb eto weld neb pan welodd y drws ffrynt yn cael ei agor a Monica Taylor-Parry, gwyddai, yr ochr arall, 'Ti 'di ennill y raffl ond eto dwt ti ddim.'

'Wel naill ai mi rydw i, neu tydw i ddim. P'run?' ebe Monica Taylor-Parry, yn llenwi'r ffrâm drws erbyn hyn.

Esboniodd Selwyn y 'deilema', chwedl ef, a rhyw holi tybed a fedrai hi, Monica, feddwl am gyfaddawd?

'Be ydy'r preis?' holodd Monica, oherwydd byddai gwybod hynny'n bwysig ar gyfer cyfaddawd.

Nid oedd Selwyn, wrth reswm, yn fodlon datgelu hynny.

'Reitô,' meddai Monica, 'Ticad pwy ydy'r llall?' Pwysicach fwyfwy yr wybodaeth yna os oedd cyfaddawd i fod. Yn anffodus, nid oedd yr wybodaeth honno ychwaith yn un y medrai Selwyn ei rhannu.

'Wel,' ebe Monica yn cau'r drws yn ara' bach, 'sortia fo allan neu mi fydd 'na uffar o le.'

Rhywbeth tebyg oedd yr ymateb pan esboniodd Selwyn y 'deilema' i Lydia Moffat, yr enillydd arall; a phan wrthododd ddweud wrthi hithau hefyd enw pwy oedd ar y naill dicad gwaeddodd Lydia i'r cefn: 'Ernie Dic, tyd i sortio hyn.'

Clywodd Selwyn sŵn rhuthro tebyg i sŵn hwfyr yn startio, ac ymddangosodd Ernie Dic mewn jogyrs tynn a dim arall, hanner ei wyneb yn sebon shafio, a theimlodd Selwyn ddwrn yn ganol ei wyneb. 'Be o'n i fod i sortio?' clywodd Selwyn Ernie Dic yn holi Lydia Moffat, Selwyn oedd ar wastad ei gefn ar y llwybr, gwaed yn stillio o'i drwyn, a drws y tŷ o'i flaen yn cau.

Wrth godi ar ei eistedd yn y man, y teimlad o benstandod yn graddol liniaru, rhwbio'i ddwy law hefo'i gilydd er mwyn cael gwared ar y grafal oedd wedi glynyd yn y croen wrth iddo daro'r llwybr wedi dyrnod Ernie Dic, streipen goch yn ymddangos ar hyd cefn ei law wedi iddo ei sglefrio o dan ei drwyn, mwy o'r gwaed erbyn rŵan yn mynd i lawr ei wddf, blas gwaed yn ei geg, yno ar ei eistedd fel hyn, teimlai Selwyn 'Sandals' Evans ei fod mewn lle o ddidwylledd mawr. Yr oedd wedi diogelu hygrededd Y Raffl. Ef oedd arglwydd hap a siawns, a phendefig y rhifau. I'w grebwyll daeth y gair 'tynged', ac ar ei gwt y gair 'rhagluniaeth'. Cododd yn ddyn gwahanol.

O flaen y Comuti yn adrodd am y digwyddiadau, teimlodd wyleidd-dra y gwrandawyr o'i flaen, ac amgyffredodd ei fawredd ef ei hun.

Penderfynwyd ar ei gais ef y byddai gwobr yr wythnos hon yn aros am byth yn gyfrinach. Fyth i'w datgelu.

Ar ei silff ben tân mewn ffrâm aur – rhodd gan y Comuti – y mae'r ddau rif: 59 ac 19 wrth ochrau ei gilydd; Selwyn yn aml yn symud bysedd ei law o un rhif i'r llall yn araf.

Derbyniodd lythyr di-enw yn haeru mai Morgan Slade oedd ei dad go-iawn, ac nid, fel yr haerai ei fam wrth bawb – yn wir, taerai ei fam oherwydd 'mi o'n i yno'n d'on' – Tecwyn 'Tancnefedd' Parry. Ond yr oedd ef bellach uwchlaw manion betheuach fel hyn.

Pob pnawn Gwener aethai â'r newyddion da i enillydd wythnosol y raffl. Ei wên yn barod, ac wedi ei pherffeithio, ar eu cyfer pan agorid y drysau.

Y funud hon yr oedd ar ei ffordd i dŷ Monica Taylor-Parry. Yr oedd hi wedi ennill eto. A dim ond y hi y tro hwn.

Raffl (6)

Ar y ffordd i'r fynwent yr oedd Mason Tyke pan ddaliodd Selwyn 'Sandals' Evans ef ar yr allt, gan ddweud wrtho gorau allai rhwng anadliadau dyfnion: 'Rafa lawr, wir dduw. Mond isho ti gal 'i glwad o gin i rag i rywun arall ddeud wrtha ti, ond er mai chdi enillodd y raffl rwsos yma 'dan ni wedi penderfynu rhoid y preis o ffamuli portret gin Jorj Camras i rywun arall. Fel dwi'n deud mi oedd well ti glwad o gin i. A mi gei ffri drô rwsos nesa.'

Gwelodd Mason yr holl dref dros ysgwydd Selwyn: y castell yn hollol glir. Nid oedd erioed ar yr allt hon wedi troi rownd o'r blaen i edrych ar ddim byd.

Raffl (7)

Pan gyhoeddwyd enw'r enillydd, meddai Immanuel Middleton: 'Y Ddynas Sydd Hefo Pob Dim ydy honna.' Yr awgrym ydoedd nad oedd Dynas Sydd Hefo Pob Dim angen dim byd arall. 'Ydan ni'n awgrymu Frawd Middleton y dylem ni dynnu'r raffl eto?' holodd Evans Senior, cadeirydd dros dro (o hyd) comuti'r Bowling Grîn. 'Wel, mae hynny i fyny i chi'n tydi,' ebe Immanuel Middleton yn eistedd ar y ffens yn ôl ei hen arfer. 'Mi a i i infestigeitio,' meddai Selwyn 'Sandals' Evans, 'A mi'r a'i â'r wobr hefo fi rag ofn.'

Cwestiwn mawr Selwyn ar y ffordd oedd: Be'n hollol ydy ystyr Pob Dim? Pob Dim materol? Pob Dim ysbrydol? Pob Dim emosiynol? Pob Dim ymenyddol? Hyd y gwyddai nid oedd erioed wedi cyfarfod na dyn na dynes Pob Dim. Edrychai ymlaen.

Pan gyrhaeddodd Maiden's Bowery – dyna oedd enw'r tŷ – darllenodd ar ddrws y portj y nodyn: 'Please leave all raffle prizes on the blue chair in the porch.'

A oedd Selwyn i ufuddhau? A gadael y bocs a gariai o dan ei gesail ar y gadair hefo'r *throw* glas arni, cadair a gynhwysai ddau becyn eisoes? Edrychodd ar ei watj. Naw munud wedi un ar ddeg y bore ac yn barod dwy wobr. Fel yr oedd yn pendroni be'n union i'w wneud clywodd o'i ôl sŵn fan yn crensian y graean, fan DHL. Er mawr syndod iddo, Cymro oedd y gyrrwr. 'Gadal hwn yn fama,' meddai 'Maldwyn', oherwydd dyna a ddywedai ei fathodyn oedd ei enw, 'Welis i 'rioed ddynas mor lwcus yn 'n nydd. Naddo dawn i'n marw.' 'Fyddwch chi'n galw'n amal?' holodd Selwyn. 'Withia ddwywaith 'n dydd,' ebe 'Maldwyn'. 'Nid 'Ifor' ydach chi, naci, 'Maldwyn'?' gofynnodd Selwyn iddo. Edrychodd 'Maldwyn' orau allai ar 'Maldwyn' ei fathodyn a meddai: 'Wel, arglwydd ia! 'Ifor' dwi. Wedi cipiad baj 'Maldwyn' mewn mustêc wrth ruthro o'r depo bora 'ma. Taim us myni, dach chi'n gweld. Diolch i chi am ddeud. Neu 'swn i 'di bod yn rhywun arall drw' dydd.' Roedd gan Selwyn go' da oherwydd 'Ifor' ddaeth â'r parsel clocrwm ticets i'r Bowling mis dwutha.

Tair gwobr, pedair hefo ei un ef, a'r cwbl cyn hanner dydd. Fel y pendronai Selwyn 'Sandals' Evans y dirgelwch hwn, agorwyd y drws ffrynt yn araf bach. O dipyn i dipyn daeth Y Ddynes Sydd Hefo Pob Dim fwyfwy i'r amlwg. 'Mae Pob Dim welwch chi amdana i wedi ei ennill,' meddai hi wrth Selwyn, 'Y cimono, y slipars, y minlliw, y ffols-ailashis, y cyrlyrs. A tasa hi'n mynd at hynny, be' rydw i'n 'i wisgo o dan y cimono. Dwi'n gwbod be' sy'na yn bob un o'r rheina ar y gadair 'na gyda llaw,' meddai a chododd un pecyn ar ôl y llall, 'Bonsai Kit ydy hwn. Geith lich. 'Sa 'run ohony nhw fyth yn tyfu. 'Di ennill rei erill droeon. Miniature Water Feature yn hwn. Da i ddim byd. A hwn? Wyddoch chi be' ydy o? Starter Fossil Collection. Geith le hefo'r lleill ar y mantyl pis. Ar y rêt yma mi fydd gin i Tyranasorys Secs cyn bo hir. Rŵan ta,' ebe hi, 'Ydw i'n iawn i feddwl mai'r MacDonald Maximus Automatic Tin Opener yr ydach chi'n 'i ddal o mlaen i fel offrwm yn fan'na?' Yn ddiarwybod iddo roedd y bocs yn wir fel offrwm yn nwylo Selwyn ac yn cael ei gyflwyno i'r Ddynes Sydd Hefo Pob Dim. Derbyniodd hi'r bocs, a 'Dowch hefo fi,' meddai wrth Selwyn, 'Ond watjwch lle dach chi'n rhoid'ch traed mawr. Dwi 'di clwad o sawl lle am y galanastra y mae'ch traed mawr chi wedi eu creu yn eu sgil.'

Yn ofalus aeth Selwyn heibio o leiaf wyth basged ci, pob un yn dal yn ei gorchudd polythin, a duw a ŵyr faint o anifeiliaid cogio bach o wahanol seisus – o gathod i jiráffs i co-alas – yn rhythu arno'n mynd heibio – 'Twenti ffôr,' meddai hi wrtho'n darllen ei feddwl, 'Mae Duw wedi eu cyfri nhw a deud wrtha i.'

'Tendiwch!' harthiodd arno wrth i'w ysgwydd daro yn erbyn The Hay Wain a hwnnw o'r herwydd wedyn yn taro'n erbyn Sunflowers a hwnnw'n taro'n erbyn hologram o Elvis Presley a ddechreuodd ysgwyd ei gluniau.

'Dyma ni,' meddai wrtho pan gyraeddasant y gegin gan

ddangos iddo wal a orchuddiwyd o'r top i'r gwaelod hefo teclynnau agor tuniau, 'Dyma wal fy noddfa. Fan hyn dechreuis i. Ennill hwn pan oeddwn i'n naw oed,' ei bys yn anwesu y math agorydd tun oedd gan ei fam, yr un yr oeddech yn gwasgu'r pigyn i gaead y tun er mwyn ei dorri, wedyn weindio'r olwyn rownd yr ymyl, olwyn yn aml a fyddai'n troi yn ei hunman gan agor y caead 'mond yma ac acw, a gorfod wedyn roi cyllell hwnt ac yma er mwyn trio plygu'r caead i fedru cyrraedd y cynnwys, 'Hwn oedd dechrau fy llwyddiannau fi. A dyma heddiw y penllanw. Y MacDonald Maximus.'

Ar fwrdd y gegin yr oedd tun ffrŵt salad, yno'n barod. 'Agorwch y bocs,' meddai wrth Selwyn, 'a thynnwch o allan.' Ufuddhaodd Selwyn. Gafaelodd yn y teclyn bychan, prycopaidd, plastig piws. 'Be' rŵan?' holodd Selwyn. 'Rhowch o ar y bwr' wrth ymyl y tun,' atebodd Y Ddynes Sydd Hefo Bob Dim, 'a byddwch yn barod i gael eich rhyfeddu.'

Dechreuodd y teclyn symud o'i wirfodd, a dringo ochr y tun, a gosod ei hun ar yr ymyl. Dechreuodd droi ar hyd cylch yr ymyl. Wedi cyflawni un rhod, dadfachodd ei hun a symud i lawr yn feistraidd ochor y can, cyrraedd y gwaelod, ac o'i grombil clywyd: *Opening completed*.

Ond yr oedd Y Ddynes Sydd Hefo Bob Dim yn ei dagrau.

'Nid hwn ydw i isho,' meddai, 'Di hwn ddim gwerth. Dwisho'r un sy'n dŵad a'r caead yn ôl hefo fo ar ei gefn. Y Practo-Percival 1000 ydy hwnnw. Ydach chi'n meddwl y bydd o'n cael 'i gynnig fel ffysd prais yn y Bowling ryw ddydd?' Nid oedd gan Selwyn ateb i gwestiwn ingol Y Ddynes Hefo Bob Dim.

Raffl (8)

Dyn moesol oedd Selwyn 'Sandals' Evans. Yr oedd da a drwg yn bodoli iddo. Nid ei fympwyon ef oedd yn pennu'r naill na'r llall. Yn annibynnol ohono ef y bodolent. Fel y glaw. Ond weithiau y mae pob dyn moesol yn 'laru ar ei foesoldeb.

Ac yntau yn tynnu'r raffl am y canfed tro y pnawn dydd Gwener hwnnw – Rhif 56; Morgan Lewis Bach wedi ennill; y cena'; roedd o'n curo'i wraig; wedi ennill swper i ddau yn Nysien; nid ei wraig fydd yn rhannu'r bwrdd ag o, ond Laura Moss-Greene – gwyddai na fyddai gobaith iddo ef ennill o gwbl; yr oedd ei gytundeb gwaith yn ei wahardd rhag prynu tocyn iddo'i hun, na'i deulu (petai ganddo un), nac ar ran unrhyw un arall, ac felly penderfynodd wneud rhywbeth ynghylch y peth. Hwyrach mai gorfod ynganu'n uchel yr enw Morgan Lewis Temple-Hyde oedd yn gyfrifol am ddwyn i'r wyneb fefl yn ei gymeriad fel arall dilychwin; Morgan Lewis Bach (stwffio'r Temple-Hyde) a ddywedodd wrtho un tro: 'Mae isho ti, Sandals, droi ffantasi yn rialiti. Dwi 'di gneud erioed.'

Y pnawn Gwener canlynol, a hithau'n foment y tynnu'r ticed arobryn o'r Bag Mawr, llaw Selwyn 'Sandals' Evans yn symud hwnt ac yma ymhlith siffrwd y tocynnau, pob un wedi eu plygu'n gymen yn eu hanner, yr oedi disgwyliedig cyn dyfod â'r law yn dal y tocyn lwcus, cyfareddol i'r amlwg, y chwech yn ôl y cyfansoddiad a oedd yn dystion i hyn – pedwar o'r Comuti, dau o'r cyhoedd – yn dal eu gwynt yn ddramatig; yn ddeheuig yn nhywyllwch y Bag Mawr ymhlith y tocynnau gweithiodd Selwyn y tocyn yr oedd o wedi ei guddied yn gynharach yn yr agen rhwng dau o'i fysedd i afael ei fys a'i fawd, tynnu ei law allan yn araf, dal y tocyn yn ôl arfer pob pnawn Gwener yn uchel i fyny, edrych ar bawb, sioe fawr agor y tocyn o'i blyg ac adrodd y tro hwn yr enw ffug a ddaeth iddo'n wyrthiol y noson cynt:

'Rhif 96. Olaf Williamson. Y ffwd micsyr. A gwrandwch, mae

Mr Williamson wedi sgwennu hyn ar gefn ei docyn: 'Will be staying at the Merrion Hotel until late evening Friday.' Mi a'i yno ar f'union.'

Yr oedd Selwyn 'Sandals' Evans wedi dweud celwydd. Nid oedd yn teimlo'n ddim gwaeth. A oedd hynny'n siomiant iddo, nad oedd yn teimlo'n ddim gwaeth ac yntau wedi dweud y gwir ar hyd ei oes?

Ond ar y foment honno cododd Immanuel Middleton a meddai: 'Fydd ddim raid i ti fynd i'r Merrion. Dyma fo Olaf Williamson.'

Wrth ei ochr yr oedd dyn, un o'r ddau dyst o blith y cyhoedd, yn wên o glust i glust: 'Ffwd micsar,' meddai, 'Wel! Wel!'

'Wnewch chi'r honyrs, Selwyn,' ebe Immanuel Middleton wrtho, 'Chi sydd yn mynd â'r wobr at bawb.'

Cyflwynodd Selwyn 'Sandals' Evans y ffwd micsyr i Olaf Williamson.

'Wel done!' meddai Immanuel Middleton wrth Selwyn a 'Ffwrdd â chi, Mr Williamson,' meddai wrth y dyn dieithr oedd bellach yn berchen ffwd micsyr.

'Cyn chi fynd, Mr Williamson,' ebe Selwyn,' Fyddai'n bosibl ca'l gweld 'ch ticad chi, os gwelwch yn dda. Mae'n arferiad gwneud y matj rhwng'n ticad ni a thicad yr enillydd?'

Ond yn ei feddwl yn unig y dywedodd Selwyn hyn. Teimlodd na allai ei ddweud ar goedd. Wedi'r cyfan dyn moesol ydoedd.

Raffl (9)

'Arglwydd, di hwn yn clwad dim. 'SA CHI'N LICIO I MI ADAL
Y TI BAG YN Y TE?' gwaeddodd Malan Haf yn uwch y tro hwn
o'r tu ôl i'r cownter ar Huw Plemming oedd yn eistedd wrth y
bwrdd oedd wedi ei neilltuo ar gyfer têc-awês, ei ben ar ei frest.

Ar yr un adeg ag yr oedd Malan Haf yn gweiddi hyn aeth
Selwyn 'Sandals' Evans allan ar ôl gorffen ei baned coffi –
teimlai fod angen coffi arno, coffi cryf, dybl-shot y bore hwn a
fynta ar ei ffordd hefo gwobr y raffl i dŷ 'Tidy' Orr.

Yr hyn na wyddai Malan na Selwyn oedd fod Huw
Plemming wedi marw tra'n aros am ei de.

Ac yntau bellach ar ganol y stryd, clywodd Selwyn sgrech
ond ni wyddai pam. Gobeithiai i'r nefoedd na fyddai'n gofyn
iddo eto – Tendiwch! gwaeddodd rhywun o'i ôl ond yr oedd yr
ambiwlans a'i golau glas wedi medru ei osgoi ac yntau wedi
cyrraedd y pafin – fel yr oedd wedi gofyn y troeon o'r blaen –
roedd 'Tidy' wedi ennill y wobr gyntaf deirgwaith – 'Ydach chi
am gael dŵad i mewn am rwbath bach, Selwyn?'; y tro olaf gorfu
iddo gyflwyno Blac an Decyr iddi. Ofnai Selwyn y byddai'n
rhedeg allan o esgusion ac y byddai'n gorfod mynd i mewn
rywbryd. 'Disgwyl am ei de oedd o,' meddai Selwyn – yn falch
o gael dweud a meddwl rhywbeth diniwed – wrth Edna
Plemming, hi'n rhuthro heibio, un fraich yn ei chôt, y fraich
arall yn chwilio am y lawes wag oedd fel cynffon chwit-chwat
tu ôl i'w chefn.

Raffl (10)

Yr oedd teicings y raffl ac felly yr arian a lifai'n arferol i'r Bowling wedi gostwng yn sylweddol yr wythnos hon. Lleisiodd Ifan Roc'n Rôl (Ifan Gwallt Tin Chwadan, fel 'roedd) y farn ar ran y mwyafrif oedd wedi tynnu eu dwylo o'u pocedi, eu rhoi tu ôl i'w tinau, a gwrthod prynu tocyn: 'Ydw i isho ennill swpar hefo ryw selebriti na chlwis i 'rioed amdano fo? Nagoes! Sei ut agen. Nagoes! Sei ut agen. Nefyr!' Hwyrach fod a wnelo'r newid hwn mewn gwobr â'r ffaith i'r Golff gynnig pythefnos yn ôl fel eu prif wobr – dwywaith y flwyddyn yr oedd y Golff yn tynnu raffl ac felly roedd amrywiaeth amheuthun o wobrwyon – noson yn y Lucky Strike Cabaret hefo Lionel Messi. (Lionel Messi lwc-a-laic fel y daethpwyd i ddeall. Dyn o Dregarth. Fel y dywedodd yr enillydd: 'Duw, digon clên. A medru siarad Cymraeg heb acsent fforein. A 'di bod unwaith ar wylia' yn Barcelona.') Felly teithiodd llaw Selwyn 'Sandals' Evans am hydion drwy wacter y Bag Mawr cyn cyrraedd y mymryn tocynnau yn y gwaelod; nid oedd trwch y tocynnau, gallai amgyffred, yn uwch na gewin bawd ei fys. Gyda dihidrwydd y tynnodd docyn, a heb y sbloet arferol darllenodd i wacter bron yr ystafell – dim ond Immanuel Middleton a Roger 'Out' Barnacle, y glanhawr oedd yno – enw'r enillydd a fyddai'n treulio gyda'r nos – dedwydd gobeithio – hefo Gilfaethwy Havesp yn ciniawa yn CarnHuanawC – (newydd agor, un seren Michelin yn barod, a thwll din y Golff felly.) Gilfaethwy Havesp – Toby Morecock ar un adeg – cofio Stack 'em High ar y teledu amser cinio ddyddiau Llun droad y ganrif? – ond iddo newid ei enw yn ôl i'r gwreiddiol oherwydd teimlai fod gravitas a kudos yn perthyn i'r gwreiddiol erbyn hyn yn enwedig ar gyfer rhaglenni fel Four Fathers yn Saesneg ac O Bedwar Band (Pres) yn Gymraeg.

Pan gyrhaeddodd Selwyn fwthyn bach gwyngalchog

Goewin Parry, i roddi iddi'r newyddion da mai hi oedd enillydd y raffl yr wythnos hon, meddai hi wrtho: 'Dwi wedi aros ganrifoedd am y cyfla yma. Wedi breuddwydio amdano fo, Sandals bach.'

'Dyna hyn'na drosodd,' ebe Selwyn wrtho'i hun ar y ffordd adref yn gwybod y byddai'r Bag Mawr yn gorlifo o docynnau yr wythnos nesaf oherwydd mai Flymo Cordless oedd y wobr a'r Comuti felly wedi callio.

Yr oedd Goewin Parry wedi gwybod o leiaf bedair canrif ynghynt mai hi fyddai'n ennill y raffl ac felly roedd hi wedi gosod y gwn yn barod yn ei bag llaw – y bag llaw bychan, gwyn hefo'r sicwins piws hyd-ddo, a'r clasb a'r tjaen aur – ar gyfer y noson yn CarnHuanawC. Hwy eu dau hefo'i gilydd eto. Pwy feddylia?

Ac wedi'r hors d'oeuvre, Bang!

Raffl (11)

Yr oedd Mwy-Cychod-Fi yn symud tair canŵ o un pen i'r Cei i'r llall pan ddaeth Selwyn 'Sandals' Evans ar ei draws o'r diwedd – roedd wedi bod yn chwilio amdano ers dros awr – a 'Gary Tucker,' meddai wrtho – nid oedd Selwyn na neb arall yn meiddio ei alw wrth ei ffugenw yn ei wyneb – 'Congráts. A dyma ti.'

Edrychodd Mwy-Cychod-Fi ar y bocs a oedd yn cael ei gyflwyno iddo gan Selwyn. Rhoddodd y treilyr canŵs yr oedd o yn ei dynnu i lawr.

'Be hydio?' meddai'n cymryd y bocs oddi wrth Selwyn.

'Cyrling tongs,' ebe Selwyn.

'Ti teicing pus,' meddai Mwy-Cychod-Fi yn camu'n nes at Selwyn, a thynnu ei gap gweu i ddangos ei ben moel, 'Ti teicing pus,' meddai eilchwyl a chamu'n nes fyth at Selwyn. Yn y foment honno cofiodd Selwyn pam nad oedd neb bellach yn ei gyfarch drwy ei lysenw.

'Gwranda,' meddai Selwyn yn ddyn i gyd eto – roedd yn rhaid iddo fod yn doedd? 'Chdi brynodd dicad. Chdi enillodd. Dyma fo'r preis. Dwi ddim byd ond y dilifyri boi.'

'Byth prynu ticad. Byth trio loteri. Byth ffyc ôl. Teicing pus rywun de.'

Daliodd Selwyn ei ddwy law am i fyny. Yr oedd tocyn yr enillydd ganddo yn ei boced. Yr oedd ar fin ei ddangos iddo. Ar y cefn yr oedd rhywun wedi ysgrifennu Mwy-Cychod-Fi. Parhaodd i ddal ei ddwylo am i fyny gan feddwl pryd y medrai'n ddiogel droi ar ei sawdl a gadael?

Yn ffodus i Selwyn taflodd Mwy-Cychod-Fi y bocs a'i gynnwys i ddŵr y Cei. Gwrandawodd y ddau ar y sblash. Cododd Mwy-Cychod-Fi dreilyr y canŵs ac aeth yn ei flaen fel petai'n ddyn rhydd.

Raffl (12)

Curodd Selwyn 'Sandals' Evans ar y drws cil-agored. Parodd y curo i'r drws agor fwyfwy. 'Oes 'na bobol?' gwaeddodd. 'Oes. Llond gwlad,' clywodd lais Imelda Parr – Parr ers ddoe, wedi iddi briodi Lionel Parr; Jones oedd hi echdoe, gweddw ers chwe mis Cled Jones; hi heddiw hefyd oedd enillydd diweddaraf y raffl – 'Dan ni gyd yn fama. Ty'd i mewn.' Ar flaenau ei draed anelodd Selwyn i gyfeiriad sŵn beth oedd yn amlwg yn bryd bwyd go sylweddol oedd yn cael ei leihau yn afieithus. 'Fan hyn, pwy bynnag sy 'na,' clywodd eto lais y Mrs Parr newydd – yr oedd Imelda a Selwyn yn ffrindiau bore oes – llais a ddeuai drwy agen drws cil-agored arall. Gwthiodd Selwyn â chornel bocs y wobr y drws i'w agor yn llawn. 'Sel!' gwaeddodd Imelda. Ni thrafferthodd yr un o'r lleill edrych i'w gyfeiriad. Y lleill: Herbert MacKintosh a'i gymar cyfredol Edwin Paul, therapydd a life coach; Delia O'Malley, siop sgidiau Lazy's and Souls, ar ei phen ei hun ond nid yn rhy hir gobeithiai; Sandy Beaufort, y fet, a'i gariad newydd Helen Douglas-Smith; Ray Tansey, y deintydd a'i wragedd Ronnie a Jo; Terwyn Tudur, yr is-ganghellor a'i nymbyr ffôr. Idwal Pleming, y co' cyrn, ar ei ben ei hun fel arfer, ond yn hela eto fel arfer.

'Ty'd i gael drinc,' meddai Imelda wedi codi o'r bwrdd yn dod i'w gyfeiriad hefo potel win a gwydr gwag, 'Ond mi fydd raid i ti dynnu dy ddillad i gyd fel ti'n gweld.' Yr eiliad hon y sylweddolodd Selwyn fod pawb yn noethlymun.

'Na, dwi'n iawn,' meddai Selwyn, 'Mond gadael hwn i chdi. Ti 'di ennill y raffl. Lle ro i o?'

'Rho fo'n fan'na yli,' meddai Imelda am nunlle penodol, 'Ti'n siŵr fedrai'm dy demtio di?' ychwanegodd yn codi'r gwin a'r gwydr. 'Ma 'na gadair wag yn fan'na rhwng Ronnie a Jo.'

'Na wir, rwbryd eto yli.'

A fyntau bron adref sylweddolodd Selwyn fod bocs y wobr yn dal yn ei law.

Raffl (13)

Darllenodd lythyr gan un o'r enw Colwyn Michael – Colwyn Michael? – yn *Papur Dre* yn cwyno am yr arferiad mochynnaidd o hongian bagiau plastig baw ci ar bennau'r reilings yn y parc. Os, honnai Colwyn, oedd y perchnogion cwnaidd hyn wedi medru plygu lawr, y bag tu chwith allan yn eu llawiau, a chodi'r meddalwch-pa-liw-bynnag o'r llawr, yna siawns na fedrent ei roi mewn bin, neu fynd ag o adre yn hytrach na'i hongian yn bowld ar ffyn y reilings. Lle roedd y wardeiniaid cŵn?

Y noson cynt wedi iddo fynd â gwobr y raffl i Magwen Harpy oedd newydd ddychwelyd adref o'i shifft fel yr oedd o wedi dyfalu, eisteddodd Selwyn 'Sandals' Evans yn waglaw ar un o'r meinciau yn y parc yn edrych ar silowét y castell yng ngoleuni'r machlud, ond ni welodd ef y bagiau o fudreddi ar y reilings o'i flaen – hwythau hefyd bellach mewn silowét. Yr hyn oedd yna yn sicr oedd adar yn clwydo. Cofiodd ddyfalu pa fath adar oeddynt? Bron na allai eu clywed yn canu. Na, yr oedd wedi eu clywed yn canu.

Raffl (14)

Yr oedd Selwyn 'Sandals' Evans wedi meddwl mynd ben bore fory i dŷ Tanya Gillespie hefo'i gwobr, ond wedi iddo edrych ar y cloc a gweld mai dim ond deng munud i wyth ballu oedd hi, ac mai dim ond rhyw gwta ugain munud a gymerai iddo gyrraedd ei chartref, waeth mynd heno, penderfynodd.

Fel y dywedodd yn ddiweddarach, wrth iddo dynnu'r drws ffrynt ar ei ôl meddyliodd iddo glywed sŵn y frigâd dân.

Ar ei ffordd i dŷ Miss Gillespie sylweddolodd nad oedd fawr o ddim yn mynd drwy ei feddwl ar y teithiau hyn i briodi'r gwobrau hefo'r rhai oedd wedi eu hennill. Nid fod ei feddwl yn wag; nid oedd, ond yn debycach i gerdded lawr stryd, heibio ffenestri'r siopau, yn gwybod fod y tu ôl i'r ffenestri bethau di-rifedi ond na fedrai, wedi cyrraedd pen y stryd, pe gofynnid iddo, enwi 'run o'r pethau rheiny. Rhyw wag-llawn fel yna oedd ei feddwl yn wastad ar ei deithiau hefo'r gwobrau. 'Ei di ddim pellach na fama, Sandals,' meddai llais wrtho. O'i flaen roedd Edward 'Ffyffes' a thua ugain o rai eraill – a mwy yn dyfod o wahanol gyfeiriadau – car heddlu ar draws y fynedfa i Stryd Swllt a Naw, a'r bobol tân yn rhedeg o'r injan dân hefo hospaip, mŵg yn dylifo o dŷ Tanya Gillespie. Ffrwydrodd gwydr ffenestr un o'r llofftydd. Neidiodd y fflamau i'r aer maethlon. 'Mae'n siŵr 'i bod hi'n sundars,' meddai rhywun. 'Mae hi 'di ennill hejcytyr,' meddai Selwyn. 'Be newch chi hefo fo rŵan?' holodd Edward 'Ffyffes'.

Wedi cyrraedd adref ni wyddai Selwyn lle i roi yr hejcytyr. O'i roi ar y gadair nid oedd yn teimlo'n iawn iddo. Na'i osod ar fwrdd y gegin. O'i weld o'r diwedd ar hytraws ar y soffa, fynta yn y gadair esmwyth yn edrych arno, nid oedd hynny'n teimlo'n iawn iddo ychwaith.

Canfu ei hun ar ganol y llawr yn ei ddal yn ei freichiau. Yn ei anwesu.

Raffl (15)

Cyrhaeddodd Selwyn 'Sandals' Evans, yn chwys laddar drosto, y bocs polisteirin llawn cig erbyn rŵan yn pwyso tunnell, o'r diwedd annedd Modlen Paxton.

'Ffitia bo chi 'di dysgu dreifio, Selwyn,' meddai Modlen wrtho y munud yr agorodd hi'r drws, 'Mi gwelis i chi'n bustachu i fyny'r allt. 'Dach chi ddim yn meddwl, Selwyn? A 'dach chi mwy na finna'n mynd ddim fengach. 'Run ohono ni'n dau. Ond ro'n i'n meddwl mai fowtjyr oedd y preis ac nid yr hannar oen yn ei grynswth. Be' oedd haru Ifan Preis bwtjar yn gneud y ffasiwn dric budur? Tasa gin i'r fowtjyr mi fedrwn fynd i'w siop o fel liciwn i a chal y cig o dipyn i dipyn. Sgin i'm dîp ffrîs y'chi, Selwyn. I be' fyswn i ar ben 'n hun fel hyn isho dîp ffrîs. Sgynno chitha 'run 'chwaith, mwn? Ond gwrandwch, Selwyn, dowch â fo i mewn a mi drychwn ni hefo'n gilydd.'

'Wel drychwch, Selwyn,' meddai Modlen, y bocs bellach ar agor ar fwrdd y gegin, y caead yn llaw Selwyn – yr oedd sŵn gwichlyd polisteirin yn erbyn polisteirin yn creu dincod ar ddannedd Selwyn – 'Chwe tjopan, hannar leg, brest. 'Sa chi meddwl y bydda fo wedi rowlio'r frest yn basach? Ma 'na rwbath yn ddiog am yr Ifan Preis 'na. 'Sa lams ffrai dwch? Chi be', Selwyn, ma edrach ar y bocs ma'n codi pwys braidd arna i. Ydy o chi, Selwyn? Rhyngo chi a fi, gneud i mi feddwl am Mr Myfyr Anthony Paxton yn ei arch llynadd. Sbïwch, Selwyn, lwlan. 'Sa waeth iddo fo fod wedi rhoid y ddwy i mewn ddim. Ond un fela ydy'r Ifan Preis 'na. A hannar oen yn golygu un lwlan yn unig, spôs. Gwrandwch, Selwyn, fedra i mo'i gymryd o. Mi fydd raid i mi ofyn i chi fynd â fo o'ma. Le ro i o 'te, Selwyn, a finna heb dîp ffrîs? Be' newch chi hefo fo, Selwyn? Gymrith Ifan Preis o nôl dwi siŵr. A dudwch y do'i draw naw an agen i nôl be dwisho. Ond gwrandwch, mi gadwai'r lwlan. Mi enjoiai'r lwlan heno. I ffrio hi mewn menyn garlleg. A mi sgafnith hynny rywfaint ar y bocs i chi. Di'r cuad gynnoch chi'n fanna, Selwyn?'

Raffl (16)

Wrth fynd heibio un o ffenestri bynglo Helen Baum sylweddolodd, a hynny drwy gornel ei lygaid, fod y llenni ar gau ond fod y ffenestr fach yn y top rywfaint ar agor, a chlywodd swn fel swn radio o bell ond gwyddai nad radio ydoedd, felly penderfynodd Selwyn 'Sandals' Evans na fyddai'n weddus gadael bocs gwobr y raffl yn y portj rhag ofn; wedi'r cyfan ni allai feddwl ei bod yn siort o bathrwm sgêls, ac y medrai felly aros tan y deuai yn ei ôl rywbryd, ond gobeithiai y medrai gyrraedd y dref yn ei ôl cyn i'r car a welodd wedi ei barcio ychydig o fynedfa'r bynglo ei basio, os deuai.

Raffl (17)

Dyfalodd Selwyn 'Sandals' Evans be'n union a wnâi Lavinia Pugh â *The Times Atlas of the World*. Gwobr raffl yr wythnos hon a hithau yr enillydd. Gwyddai iddi ennill yr union yr un fath dair blynedd yn ôl. Gwyddai hynny, wrth reswm, oherwydd ef a gyflwynodd y gyfrol iddi, ac iddi hi ddweud bryd hynny, 'Be' 'nai hefo peth fel hyn, Sandals bach?' Felly penderfynodd Selwyn dorri'r garw iddi y munud yr agorai hi'r drws.

'Newydd drwg mae gin i ofn,' meddai Selwyn yn dal yr atlas oedd wedi ei lapio mewn papur neis o'i blaen.

'O! pidiwch â deud, Sandals bach,' medda hi, 'Mi oedd y fet wedi wornio nithiwr pan aeth o a Jeremi-Jorj o'ma. Ond mi ro'n i wedi ffortiffeio'n hun bora 'ma rhag y newydd drwg drwy blastro marmait ar y tost, a gwydraid bach neu ddau o sheri. Ond pam ma chi sy'n dŵad â'r bad niws i mi, Sandals?'

Raffl (18)

Yr oedd tŷ Cenwyn Tarquin a Wilhelmina Rhodes yn edrych yn gaeedig iawn. Trwy'r ffenestr – er ei fod yn un a oedd yn trio'i orau glas i beidio edrych drwyddynt, yr oedd hi'n anodd weithiau, a'r llygaid yn trechu'r ewyllys – medrai Selwyn 'Sandals' Evans weld y cocatŵ gwyn – Iwan Styles; gwyddai ei enw oherwydd i Wilhelmina ddweud hynny yn y Bowling un tro, ac yntau o glywed yn methu credu'r peth – yn ei gawell aur yn edrych i'w gyfeiriad a chystal â dweud, 'Dwi wedi dy ddal di'n sbecian y diawl.' Ac ar hynny daeth car Cenwyn a Wilhelmina drwy'r adwy. Wedi ei ddal yno rhywsut rhwng y parot a'r newydd-ddyfodiaid ni wyddai Selwyn yn iawn lle i droi. Ond fel achubiaeth, meddai Cenwyn wrth ddod allan o'r car, 'Dan ni newydd briodi. Ar ôl twenti tri iyrs ma' hi 'di gneud dyn gonasd ohono i.' Ni ddywedodd Wilhelmina air o'i phen, ond gwelodd Selwyn ôl dagrau llawenydd ar ei hwyneb. 'Congráts a lwc dwbwl i chi'ch dau,' meddai Selwyn, 'Dach chi 'di ennill y raffl hefyd.' A chyflwynodd yr amlen i Cenwyn. 'Gwranda di, Sel,' meddai Cenwyn, 'I ddathlu hefo ni, cym' di'r preis yr wsos yma. Dwi 'di cael y presant gora fedrwn i 'i gael. Be ti ddeud, Wila?' Nodiodd hithau ei phen, dŵad allan o'r car, a mynd am y tŷ.

Dacia, meddai Selwyn wrtho'i hun ar y ffordd yn ôl, biti na fasa hi'r wsos dwutha. Mi fydda fo wedi licio'r camera. Ond be' wnâi o â fowtjyr pedicure? A phetai'n dod at hynny, nid llawenydd rhywsut a deimlai o gwmpas Wilhelmina. Mae'n rhaid fod yna nifer o resymau pam fod pobl yn priodi, dyfalodd Selwyn.

Raffl (19)

Edrychodd Heulwen ac Ednyfed Vaughan arno y prynhawn hwnnw'n mynd heibio'r ffenestr. Oherwydd – dychmygodd? – i Ednyfed godi ei fawd arno, roedd yn rhaid iddo yntau gydnabod ei fod wedi eu gweld. Cododd yntau ei fawd yn ôl ar y ddau oedd yn eistedd yn llonydd ar y soffa ac eisioes – dychmygodd? – yn gwenu i'w gyfeiriad, wedi deall, mae'n debyg, mai hwy oedd enillwyr y raffl, a chododd ef wedyn y bocs a gwneud siâp ceg: 'Portj.' Gosododd Selwyn 'Sandals' Evans y bocs – clorian cegin, un electronig – ar un o'r ddwy gadair wag. Wrth fynd heibio'r ffenestr yn ei ôl gwelodd fod pry' yn crwydro'n hamddenol ar dalcen Heulwen. Yr oedd pry' arall yn dringo boch Ednyfed. Yr oedd y ddau'n dal dwylo. Â'i fys pwyntiodd i gyfeiriad y portj. Yr oedd y ddau'n parhau i wenu arno, meddyliodd.

Raffl (20)

Drws nesa' i'r tandŵri y mae Hope Smith yn byw. Ond ar y ffordd yno ni wyddai Selwyn 'Sandals' Evans pam yr oedd yn rhaid iddo atgoffa ei hun o hynny; rhywbeth a wyddai ydoedd. Tarodd y peth ef yn chwithig fel y mae ambell un yn cael ei hadnabod oddi wrth y car y mae hi'n ei yrru. Honda Jazz glas sydd gan Hope Smith. YZN OE62. Yr oedd gan Selwyn gof da am rifau a llythrennau. Dyna pam yr oedd o, mae'n debyg, yn dynnwr y raffl wythnosol ers dros ddeunaw mlynedd. Bu Hope Smith yn briod am gyfnod. Felly pan gyrhaeddodd Dan y Deri, ei chartref, gweld fod y gareij ar agor, ac yn y pen draw, yn ddim byd mwy na choesau a phen ôl, y gweddill ohoni o'r golwg yn symud pethau – gallai Selwyn glywed – tu mewn i dîp ffrîs agored, ni theimlai ei bod yn weddus iddo aros i edrych hyd nes y deuai hi i'r fei, felly aeth yn ei flaen nes cyrraedd y tandŵri. Darllenodd y fwydlen. Nid oedd yn hoff o fwyd Indiaidd. Yr oedd sbeis, hyd yn oed y sinamon ar gwstad ŵy ei fam flynyddoedd yn ôl, yn codi dŵr poeth arno. Ond yr oedd wedi mwynhau rogan josh, atgoffodd ei hun, a'i fwyta'n ddidrafferth a heb ganlyniadau. Wedi darllen tri chwarter y fwydlen a'r prisiau a chanmol ei hun am ei fod yn gwybod ystyr saag, yr oedd yn ffyddiog y medrai ddychwelyd at Hope Smith. Yr oedd yn gywir. Fel y daeth ef i'r amlwg yr oedd Hope yn ei llawn faintioli yn gadael y gareij hefo darn o gig.

'Le ma'r Honda?' holodd Selwyn hi, ac yntau wedi sylwi nad oedd golwg ohono.

'Dwi 'di werthu o,' ebe Hope, 'Mi withis allan fod mynd i'r llefydd dwisho mynd iddyn nhw erbyn hyn hefo tacsi yn rhatach na chadw car. Petrol, tacsio, insiwrans, wer an ter a ballu. Paid â deud mod i 'di ennill preis! Fel yndyrtecyr newyddion da glŵis i rywun yn dy alw di dro'n ôl am dy fod di mor dawal ac urddasol hyd y tai. Be' sgin ti i mi?'

'Wok Set,' atebodd Selwyn yn rhoi'r bocs iddi.

'O!' meddai, a chododd ar flaenau ei thraed a rhoi cusan iddo.

'Leg o lam,' meddai Hope yn rhoi'r cig ar ben y bocs i hwyluso'r cario. 'Mici John, yr hyna'n dŵad am y wicend. Mynd drw' hen difôrs digon anghynnas fel fuo raid i finna. Codi'i galon o dŵad adra at 'i fam.'

Ar y ffordd yn ôl – yr oedd hanner can mlynedd, gwyddai Selwyn, rhwng eu bod hwy eu dau, ef a Hope, yn yr ysgol fach hefo'i gilydd – medrai weld eto eu coesau tenau, noethion, gwynion, oer yn mynd nôl a blaen ar sbîd o dan y ddesg ddwbwl – a'r gusan gynnau.

Raffl (21)

'Be' ydach chi'n feddwl o App, Sandals?' holwyd ef gan y Comuti y noson honno a hwythau yn ceisio ad-drefnu pethau yn y Bowling, yn enwedig moderneiddio'r raffl oedd yn dechrau colli arian.

Esboniodd ef ei fod yn gwybod fod niferoedd lawer, yn enwedig ymhlith y to ieuengaf efallai, wedi dewis newid eu cyfenwau, ond yr oedd ef yn ddigon dedwydd hefo'i snâm, felly arhosai fel Evans. Pam?

Penderfynodd y Comuti o fwyafrif o un yn unig, ac am resymau hollol sentimental, y byddent am y tro yn cadw Selwyn 'Sandals' Evans i dynnu'r raffl bob pnawn Gwener am dri, ac wedyn i fynd â'r wobr draw i dŷ'r enillydd wrth ei bwysau yn ystod yr wythnos.

Felly y bore Mawrth hwn am un ar ddeg y mae Selwyn o flaen drws ffrynt Madrigal Higgins. Mae'n darllen ar y cerdyn sydd wedi ei blwtacio yr ochr arall i baen gwydr y drws, yn ddigon dechau rhaid dweud ac yn llawysgrifen gymen Madrigal mae'n debyg, y geiriau ar ôl ei henw: Clairvoyant; Tarot Card Reader; Palmistry; Occultist; Vegan Recipes.

Agorwyd y drws, a meddai Madrigal: 'Mr Percy Burston?'

'Naci wir,' esboniodd Selwyn, 'Wedi dŵad â hwn i chi ydw i. Congráts.' Cyflwynodd y bocs iddi, 'Dach chi 'di ennill y raffl yn y Bowling.'

'O! Mi ddylswn fod wedi gwbod hyn'na i gyd,' meddai Madrigal, ei bys yn dobio'r Clairvoyant, 'Be' dio?'

'Mi ddylech wybod,' ebe Selwyn.

'Wedi drysu'n lân cofiwch,' meddai, 'Wedi aros am Mr Percy Burston a oedd i fod yma hanner awr wedi deg am T.C.R.; Tarot Card Reading mae hynny'n feddwl. Mi sylwis bai ddy wê ar 'ch laiff lain chi wrth i chi roid y bocs i mi. Strong laiff lain yn fanna. Ma' golwg bron â riteirio arna chi. Mi gewch hapi old eij. A pwy ydy'r ddynas grand sydd yn aros amdanach chi wrth y giât yn fancw? Ma golwg eitinth sentjyri arni hi. Ma gin i websait os dach chi isho gneud bwcing. Tosted sandwij meicyr,' ebe hi'n taro'r bocs a wincio'n ddeallus ar Selwyn.

Gwenodd yntau'n ôl arni gan ddynwared rhyfeddod oherwydd yr oedd yntau hefyd yn medru darllen ochr bocs.

Ar y ffordd adref cofiodd beth a ddigwyddodd i Ceinwen Parry, hogan fach y post offis, flynyddoedd lawer yn ôl pan oedd ef ei hun hefyd yn blentyn bach. Petai hynny wedi digwydd iddo ef hwyrach y byddai yntau hefyd wedi newid ei enw i rywbeth swynol fel Madrigal, ac am gael gwybod beth oedd gan y dyfodol i'w roi iddo cyn mentro iddo, a rheoli'r dyfodol hwnnw drwy gymysgu pac o gardiau.

Wrth gyrraedd adwy ei gartref trodd rownd yn sydyn i edrych pwy oedd yno. Ond yr oedd pwy bynnag oedd yno yn gyflymach nag o ac wedi diflannu. Yn ôl i'r ddeunawfed ganrif, mae'n debyg.

Evans, meddai wrtho'i hun. Na, wna'i fyth newid yr Evans oherwydd does dim rhaid i mi.

Raffl (22)

Gwyddai Selwyn 'Sandals' Evans fod rhywun yn y tŷ oherwydd yr oedd y drws ffrynt yn gil-agored. Felly canodd y gloch eto, ond yn debycach yn ffyrnicach yr eildro er nad oedd wedi meddwl gwneud hynny oherwydd nid oedd mewn unrhyw hast o fath yn y byd; fyth ar hast Selwyn; ond dyna pryd y gwelodd hwy. Wrth gamu am yn ôl wedi canu'r gloch digwyddodd droi ei ben a gweld drwy'r ffenestr ar hyd yr ystafell fyw a'i soffa goch a thrwy'r ffenestr bellaf i'r ardd lle roedd Hilary Eccles yn ei byd yn trio gwisgo'r gŵn nos am yr Emyr Eccles noethlymun. Yr oedd y wraig yn ymgodymu â'i gŵr a oedd yn gwrthod ei holl ymdrechion hi i guddio ei noethni ef. Mae'n rhaid ei bod wedi clywed y gloch; taflodd y gŵn nos ar ben un o'r llwyni, codi ei bys arno i'w rybuddio rhag crwydro ac i aros lle roedd o, mae'n debyg, ac y deuai hi'n ôl ar ei hunion wedi iddi gael gwared ar y niwsans wrth y drws; rhedodd ei llaw ar hyd ei foch.

'Rhen Selwyn,' meddai Hilary wrtho, fynta bellach wedi hen symud o'r ffenestr, 'Dyma syrpreis neis. A syrpreis neisiach yn y bocs. Na, do'n i ddim yn 'i feddwl o fela.'

'Ew dwi 'di mrifo,' ebe Selwyn yn cogio bach.

Ysgwydodd hithau'r bocs wrth ymyl ei chlust. Cododd Selwyn ei aeliau. Gwenodd hithau a churo'r bocs â blaenau ei bysedd, ei godi i'r entrychion a cheisio gweld i'w grombil. Fel petai'r holl weithredodd hyn unrhyw funud am ildio cyfrinach y bocs.

'Go on, deutha'i,' meddai wrth Selwyn.

'Tjis bord hefo cyllath *a* weiran gaws.'

'Sdibe? 'Di bod isho un fela 'rioed.'

'Na'i 'mo dy ddal di. Cer di yli. Ma gin ti betha i'w gneud. A congráts.'

A fynta rŵan yn mynd heibio'r NatWest daeth i feddwl Selwyn ei fod wedi diolch erioed i'r Bod Mawr mai hen lanc ydoedd oherwydd iddo weld gormod; ei fam a'i dad, ei chwaer a'r boi 'nw, ond y funud hon teimlodd hynny fel colled enfawr.

Raffl (23)

Meddyliodd Selwyn 'Sandals' Evans mai cerflun o'r Fair Forwyn – roedd wedi bod unwaith mewn capel Pab, felly gwyddai – oedd yn edrych arno drwy ffenestr y consyrfatori chwilboeth y pnawn hwn o Orffennaf tanbaid. Tebyg i gerflun o'r Fair Forwyn ydoedd. Ond yr oedd wedi adnabod yr wyneb. Craffodd yn fanylach ar y cerflun. Yn ei llaw nid y lili arferol ond gordd. Yn bendant AK47 yn y law arall. Ei gwisg yn goch. Nid y glas ystrydebol. Hyd y consyrfatori yr oedd lluniau ohoni, gryn ugain a mwy meddyliodd Selwyn. Trwy'r drws a arweiniai i weddill y tŷ, yno ar y pared medrai weld llun anferth ohoni, a blodau o boptu ar silff oddi tani. O'i ôl clywodd besychiad. Trodd ac yno roedd y ddau, Ephraim a Roberta Culshaw, y ddau er gwaethaf tanbeidrwydd yr haul wedi eu gwisgo o'u corun i'w sawdl mewn du, du galar.

'Dewcs!' meddai Selwyn, 'Wedi dŵad a hwn i chi. A congráts.'

'Be', ga'i ofyn, sydd ynddo fo?' holod Roberta yn derbyn y bocs.

'Citjin naifs. Set ohonyn nhw,' ebe Selwyn.

'Cyllith,' meddai Ephraim, 'Mm. Ar gyfer cefn pwy tro 'ma?'

Darllenodd Selwyn Y Cam ar y bathodyn ar ei lapél; Y Golled Erchyll ar fathodyn arall hefo llun o'r Forwyn Goch.

Mae'n rhaid fod y ddau wedi sylwi ar Selwyn yn darllen y bathodynnau. 'A hwn,' ebe Roberta yn dangos bathodyn ar ei bron iddo. Y Brad Mawr, darllenodd Selwyn.

'Y peth gwaetha' ddigwyddodd i ni,' meddai Ephraim.

'Wel, ia,' ebe Selwyn, 'Ac fel dwi'n deud congráts. Mae'r gwres ma'n llethol tydy o ddim?'

'Tydy hwn ddim byd i be' ddaw,' meddai Roberta.

Raffl (24)

'Mae hyn yn profi'r peth,' rhefrodd Immanuel Middleton a oedd yn sefyll gan ddynwared urddas wrth y twll te yn y Bowling, 'Mae'n rhaid i ni wrth App.' Wrth ei ddweud edrychodd yn syth i gyfeiriad Selwyn 'Sandals' Evans a oedd ar fin rhoi marie bisget yn ei de. Ond ymataliodd Selwyn rhag y ddefod soeglyd hon a meddai: 'Pidiwch â phoeni, mi fydda'i bownd o'u ffendio nhw a mi gân' eu gwobr.' Cyfeirio yr oedd y ddau, Middleton ac Evans, at enillydd yr wythnos honno a oedd wedi ysgrifennu ar gefn y tocyn arobryn: Mick and Family, Solihull (In blue tent along the foreshore until mid-day Mon.) Digwyddodd hyn i gyd am bedwar o'r gloch bnawn Gwener, hanner awr wedi i'r raffl gael ei thynnu.

Dyma pam y bore hwn y mae Selwyn yn cerdded ar hyd y Fenai yn chwilio am y babell las lle bydd heb os yn y munud, pan ddaw ar eu traws, Mick a'i deulu yn gwirioni'n bot wrth dderbyn y wobr.

Modd bynnag, gŵyr Selwyn na ddaw fyth ar draws y Mick lwcus oherwydd bore Mawrth yw hi. Ac fel y dywedwyd ar y tocyn dim ond tan ganol dydd ddoe yr oedd Mick yna. Yr oedd yn amlwg i Selwyn gael hyd i rywbeth, rhyw olion, oherwydd yno roedd twmpath o ganiau cwrw a photeli gwin, a thres aliwminiwm sawl têc awê, gwelltglas petryal yn melynu lle bu pabell efallai? Mick a'i deulu? Ai dyna pryd y sylweddolodd Selwyn iddo gamgymryd y diwrnod? Yntau ai penderfyniad ar ei ran ydoedd i gyrraedd ddiwrnod yn ddiweddarach?

Ond fel hyn, mae'n debyg, y digwyddodd pethau wedyn. Daeth i feddwl Selwyn, tybed, roi ei draed yn y dŵr, rhywbeth nad oedd wedi ei wneud ers Duw a ŵyr pa bryd? Meddiannwyd ef gan awydd? Felly bu iddo ddiosg ei sandalau. A'i sanau wrth reswm. Yr oedd yn ddiwrnod tawel iawn. Mwynhaodd y dŵr yn llepian rownd ei fferau. Efallai iddo gael cip ar ryw ddiniweidrwydd. Y foment hon meddylir iddo ollwng y bocs i'r dŵr. Er wrth gwrs gwlychu'r cardbord byddai'r cynnwys – pleismats corcyn gyda lluniau dyfeisgar o leoliadau lleol – bownd o arnofio. Hynny a ddigwyddodd. Daeth i'w feddwl wedyn y medrai gerdded yn ei flaen yn ddi-faich. Cerdded am byth.

'Sbïwch, Mam,' meddai'r hogan fach yn codi sgwâr corcyn o'r lan môr yn West Kirby o bob man, 'Llun o gastall.'

Raffl (25)

20 3 7 69   24
  61 76 101 231 99
 1 90 45 23 12
     67 75 92 93 95
67 34   89 33 9 1 45

    23

77 99   104

   102 345 77

12 19 52   89 77 54

   51 50 53

177   53 12
  40 34 7

BUCHEDDAU

HONA MacSHANE

Wedi Mopio

L.P. – Vinyl i rai – 33⅓ r.p.m. Dwi'n cofio'r petha' 'ma i gyd. Recordiau'r Dryw. Fan'no y clywais i hi gyntaf erioed. Hi oedd yr Iarlles Else, Conrad Evans fel von Hofacker. Wedyn mi ddaeth caséts. Ei llais hi ar un o'r rheiny. Roedd hi'n adrodd awdl Yr Haf. 'Yno bydd haf ac ni bydd hafau. Yno bydd dydd ac ni bydd dyddiau.' Wedyn CDs. Cymeriad o *Un Nos Ola Leuad*. Jini Bach Pen Cae, dwi'n meddwl. Y dydd o'r blaen mi oedd 'na glip ohoni ar Cymru Fyw yn darllen emyn gan Pantycelyn oherwydd 'i bod hi'n ddau can mlynedd a hanner, am wn i, ers iddo fo farw. Hen recording oherwydd roedd ei llais hi'n swnio'n ifanc iawn. 'Tyrd f'anwylyd mae'n hwyrhau, A'm haul bron mynd i lawr.' Hi, Hona MacShane, hefyd oedd llais Olive Oyl ar y cartŵn poblogaidd Popeye. Hynny a'i gwnaeth hi'n llais rhyngwladol.

Ond am ddynladdiad y cafodd hi ei gwneud. Er i'r erlyniad drïo llofruddiaeth. Roedd hi allan ar ôl pedair blynedd. Doedd pethau, wrth reswm, fyth 'run fath iddi hi wedyn. Er mawr syndod i nifer ohonom ni y mae yna arlliw o foesoli yn hydreiddio'r cyfryngau. Hwyrach mai'r *British* yn y B.B.C. sy'n gyfrifol am y peth. Dwnim be' eill fod yn gyfrifol am yr un agwedd yn S4C. Y 4 falla?

Mi agorodd siop. *Petha Llnau* oedd enw'r siop. Dywedodd rhywun, 'Mi gafodd ddigon o bractus yn clirio'r holl waed 'na.' Modd bynnag, ac er gwaethaf Pepco a'r gweddill ohonyn nhw, ffynnodd y busnas. Hwyrach fod a wnelo'r llwyddiant yn rhannol, os nad yn gyfangwbl, â'i dawn hi i greu ffenast siop gwerth ei gweld. Sbïwch! O'n blaenau fe welwch y mopiau. Faint gyfrwch chi? Tua'r deg ar hugain? Deugain? Yn dalsyth, yn edrych arnom, rhai'n gwyro i'w gilydd – medrech daeru fod ambell bâr ar fin cusanu? – neu'n ymddihatru o goflaid dwym, beryglus. A phob un – a dyma'r pwynt – fel y gwelwch, hefo hêrdŵ neilltuol. Bỳn, cwch gwenyn, dredlocs, bòb cỳt, picsi cỳt, affro, môhôc, corn-rows, bwffant, lubyrti sbaics, a wir yr – gweld? – un pompadŵr. A'r gwalltiau i gyd wedi eu llifo'n lliwiau'r enfys. Gyda thueddiad i ffafrio oren? Ydwi'n iawn?

Nid oes yr un diwrnod yn mynd heibio nad yw'r mopiau wedi ffeirio lle â'i gilydd. Y mae cryn ddisgwylgarwch pan fydd y cwbl ohonynt yn gorweddian hyd y gwely – nid gwely Cing Sais, ond yr Empyryr Sais – y gwalltiau jysd-so blaenorol rŵan yn rhemp o gudynnau fel petai yna howdi-dŵ torfol wedi digwydd. Rhyw orji mopaidd. Erbyn y bore wedyn, bydd pob dim bac tw normal. Y *coiffure* fel petai wedi ei gopïo o hen rifynnau o *Vogue*.

Pan agorir y drws clywir côr meibion: *Gwlad! Gwlad! Pleidiol Wyf*, a wedyn stop, dim pellach.

Bertram 'Iwniyn Jac' yw'r cyntaf drwy'r drws y bore hwn. Bu ganddo'r *thing* 'ma am y mop picsi cỳt ers tro'n byd. Heddiw aeth ei chwant yn drech nag ef, a chanfu ei hun ar ganol llawr y siop.

Ar ei gorsedd gadarn gref yn barod amdano y mae Hona MacShane.

Ei harferiad yw dechrau'r driniaeth drwy bolisho'r wyneb yn gyntaf.

Prydeindod

Y mae ambell arddull – a phan ddywedaf *arddull* golygaf gyfanrwydd y bywyd yn ogystal â'r modd y dywedir rhywbeth mewn geiriau – y mae ambell arddull wedi dyfod i fod oherwydd bywyd breintiedig o'r cychwyn cyntaf; arddull yr erwau breision: a welwyd gwyrddni mor wyrdd â hyn? Fe'n swynir ganddo, ond go brin y rhyfeddwn ato. Canmol i'r cymylau, ie, ond fyth ryfeddu.

Yr arddull arall sy'n cyfareddu bob tro. Arddull yr ychydig dyfiant mewn llanasd concrit, un blodeuyn yn ymwthio o grac mewn tarmac, a sŵn parhaus y tamaid haearn coriwgêted, rhydd yn dobio'n dragywydd ar ochr ffatri wag. Dyna'r arddull sy'n dwyn anadl.

Pam i mi ddweud hyn? Hwyrach mai meddwl am Tjarli Tritton a Tony Almond yr oeddwn. Tjarli Tritton a Tony Almond oedd wedi syrthio mewn cariad difrifol hefo Hona MacShane ac wedi cyrraedd drws y condominium lle yr oedd ei fflat yr un pryd â'i gilydd i ddweud hynny wrthi. Y blodau ystrydebol yn nwylo Tjarli. Y siocled ystrydebol yn nwylo Tony.

Ymddangosodd Hona o'u blaenau yn y man. Edrychodd ar y blodau. 'O'r garej!' meddai. 'Mi fedra i glwad yr ogla petrol o fama.' Ac am y siocled, meddai: 'Thornton's! Thornton's wir!' Felly penderfynodd roddi iddynt Dair Tasg Ynys Prydain. A'r un a gyflawnai'r tasgau gyntaf a gâi rannu ei gwely. Ymhen blwyddyn i'r Sul canlynol disgwylid i'r naill neu'r llall gyrraedd yn ôl a'r tasgau wedi eu cwblhau a thystiolaeth, wrth reswm, o hynny yn eu dwylaw.

'Ond beth,' holodd Tjarli Tritton, 'petaen ni'n dau yn cyrraedd yn ôl yr un pryd a'r ddau ohonom wedi cyflawni'r tasgau?'

'Ia,' meddai Tony Almond, 'Sut wedyn fyddwch chi'n penderfynu rhyngom ni'n dau, a pha un ohonom ni fydd yn cael rhannu eich gwely?'

Ni ddywedodd Hona MacShane air o'i phen. A hyd y dydd heddiw adnabyddir y digwyddiad hwnnw fel Distawrwydd Mawr ac Ofnadwy Ynys Prydain. Yn bendant nid oedd ménage á trois yn mynd i ddigwydd.

Dyma'r tasgau y disgwylid i Tjarli Tritton a Tony Almond eu cyflawni:

1:

2:

3:

(Sibrwd y tasgau i glustiau'r ddau a wnaeth Hona, ac felly nid oedd dichon i'r *amanuensis* hwn eu clywed oddi gerth tri gair: 'cwîn' (neu 'cweir'? neu 'cwîyr'?); 'tagell' (neu 'tegell'?); 'morddwyd' (neu 'Morfudd'? neu 'moroedd'?). Digwyddiad a gofir ac a groniclir o hyd yn enw cyfoes y pentref cyfagos Sibrwd Trigair Amwys (Sibrwd T. A. ar lafar.)

Wedi eu hymadawiad dychwelodd Hona MacShane i gwblhau yr Holiadur ar gyfer y cylchgrawn *Clywch!*. Yr oedd ei choffi yn oeri. Felly berwodd degell. (Gwenodd wrth ei lenwi â dŵr.) Rhoddodd ddwy lwyaid o Maxwell House yn ei chwpan. Tra'n aros i'r dŵr ferwi ysgrifennodd 'Hona Mac Shane' gyferbyn ag *Enw:*. Berwodd y tegell. Arllwysodd y dŵr ar y graean coffi. Gyferbyn â *Hoff lyfr/au* ysgrifennodd: 'Y cyfieithiad Cymraeg o *One Moonlit Night* a *Hanes Cymru*, John Davies.' (*Beth a wnâi Cymry sy'n llenwi holiaduron heb y llyfrau hyn? - Gol.*) Trodd y coffi â llwy'n gyflym. Sblasiodd beth o'r coffi hyd y bwrdd. 'Yn angladd fy nghymar, yr hen fasdad. Dagrau o lawenydd.' ysgrifennodd gyferbyn â *Pryd fuo i chi grio ddiwethaf?*. 'Piws.' ysgrifennodd gyferbyn â *Hoff liw?*. Ychwanegodd lwyaid o siwgwr i'w choffi. *Hoff air?* 'Cilgwri.' Cododd ei golygon ac yno yn ei gŵydd yr oedd Ef. Ei arfbais yn sgleinio yng ngoleuni'r machlud, yr Apolo hwn. Ei darian yn ei ddwylaw o'i flaen fel petai'n fwrdd coffi, ac arno dan orchudd sidanwe yr atebion i'r Dair Tasg. Clywyd y lleisiau nefolaidd. Gwnaeth Hona MacShane arwydd y groes. Ysgrifennodd nodyn ar gyfer Tjarli Tritton a Tony Almond: un gair yn unig, sef, Sori! o dan eu henwau. Blwtaciodd yr arwydd ar baen gwydr drws ffrynt y condominium. Adwaenir hyn fel Ail Ymddiheuriad Llaes Ynys Prydain. (*Fel y gwyddys y mae ysgolheigion wedi eu rhannu ynglŷn â pha un yw'r ymddiheuriad cyntaf: p'run ai Ymddiheuriad Llaes Harlech ydyw, ynteu Ymddiheuriad Llaes Glyn Ebwy. – Gol.*) 'Noson fy mhriodas yn Nant Gwytheyrn ar ben fy hun yn Caffi Meinir a phawb wedi mynd allan i chwilio am y priodfab, rhai mor bell â Chlynnog Fawr yn Arfon.' Ei hateb i: *Pryd fuo chi hapusaf?*. Arweiniodd y marchog (*KCVO, gyda llaw. - Gol.*) i'w siambr. Unwaith yno cloiodd y drws ac felly roddi cychwyn ar Blwyddyn Fawr Cyfeddach Ynys Prydain. Tynnodd ef ei helm, a gwelodd hithau ei wallt mêl-felyn, tasweiriog, blêr. Rhoddodd hithau'r capsiwl yn y peiriant coffi crand. Dyma oedd steil. Edrychasant hefo'i gilydd ar y llun

ar y pared.
  Eich hoff le? Fan hyn.

Polish

Dau gas beth oedd gan Hona MacShane.

Y naill oedd sebon wedi ei adael yn y ddysgl fach wydr ar ochr sinc, a'r ddysgl fach honno'n llawn dŵr llaethog yr olwg, y sebon wedyn yn meddalu – a fedrir defnyddio y gair gwystnio am sebon? – ac yn amhosibl i'w godi o'r ddysgl, a'r amhosibilrwydd hwnnw rywsut yn peri i ryw ysfa ei meddiannu i dwtjad a mela'r sebon ac i barhau i geisio ei godi o'r ddysgl yn gyfan drwy wthio ei gwinedd o dano i'w ryddhau a methu gyda phob ymgais, a'r dŵr yn y ddysgl – o leiaf yn ei chof pan feddyliai am hyn – wastad yn uffernol o oer am ryw reswm.

Y casbeth arall yw dyn sy'n cicio tïars. Dyn sy'n cicio tïars car sy'n cau startio, y cicio'n arwydd sicr fod y dyn yn gwbod yn iawn beth sydd o'i le ar y car, neu yn mynd i wybod hynny'n fuan iawn, felly un gic wybodus arall cyn y cychwynnith y car ohono'i hun. Gwyddai Hona MacShane fod amrywiaeth ddihysbydd ar gicio tïars yn hydreiddio bywydau sawl dyn, os nad bywydau y job lot o'r tacla'.

Ni wn o gwbl os oedd y naill beth na'r llall yn mynd drwy feddwl Hona y bore hwnnw pan agorodd ddrws ei fflat yn y condo ar wŷs y gloch. Yno safai Aeron Connor Toplady.

Ydach chi o'r oed i gofio Kleen-Eze? Yr hen drefn Kleen-ezaidd sgin i mewn golwg, pan ddeuai dyn i'r drws hefo brwshis a dystyrs, polishis a crîms... a'r gajets. Y gajets oedd y peth bob tro, a nhad yn gwirioni. Fel y brwsh-rownd-gornol: y brwsh teneuaf a hiraf a welsoch chi erioed, ar goesau telesgopig – roedd pob dim yn delesgopig bryd hynny fel y brwsh-llnau-gwe-pry-cop-uchel-a-budreddi-mewn-landars – ond fod coesau plastig y brwsh hwn yn ystwyth, hyblyg, gan blygu i bob cyfeiriad fel y medrech chi frwsho dan ddresel, neu dan fwrdd, neu dan soffa, neu hyd yn oed dan y stôf, heb orfod symud y pethau trymion hyn, a heb i chi, wrth reswm, orfod plygu eich hun. Ond fedrach chi ddim prynu'r gajets na'r polishis yn y fan a'r lle, sampls yn unig oedd gan y dyn, ac felly roedd rhaid i chi roi'r ordor ar sdepan drws a thalu, a 'mhen rhyw bythefnos fe ddeuai'r teclyn hollol anhepgorol, ac Ewadd! ddywedai fy nhad. Mam, wrth reswm, yn dal ar ei phedwar hefo hen singlet tamp i nhad yn llnau o dan y dresal. Os dach chi'n cofio hyn i gyd mi rydach chi dros eich chwe deg 'n bell. Ond nid dyn Kleen-eze oedd Aeron Connor Toplady.

'Wel?' meddai Hona MacShane wrtho, fynta'n gollwng y bwnshad blodau a ddaliai'n dynn wrth ei frest yn araf i lawr i hongian fel ffeddyr dystyr wrth ei goes dde, ac 'Ia?' meddai hi drachefn.

'Dwi 'di gneud mustêc,' ebe Aeron.

Sut ar wyneb y ddaear y bu iddo ef ganu cloch Rhif 8 pan mai Rhif 16 oedd ei gyrchfan? Oherwydd iddo, dybed, fwydro ei ben y bore hwn hefo'r ymwybyddiaeth mai dyn hanner pethau oedd o: hanner dwsin o wyau, hanner pwys o fecyn, hanner pwys o fenyn, hanner torth yn para wythnos a rhewi'r hanner arall rhag iddi fynd yn sdêl, hanner bwnsiad o fynanas, hanner brawd, hanner cariad, hanner cant eleni?

Caeodd Hona MacShane y drws yn ei wyneb.

Yr hyn yr ydw i yn ei gofio ydy'r polish piws ei liw. Agor y caead am y tro cyntaf – a Mam a wnâi hynny – a'r ogla hyfryd. Cael caniatâd i redag fy mys yn araf ar hyd ei wyneb meddal... cwyraidd.

Y Cwmwl Tystion

Edrychodd Hona MacShane ar Selwyn 'Sandals' Evans yn mynd heibio 'hefo gwobr raffl i rywun,' meddai'n uchel, 'ond nid i mi.' Gwelodd Huw Huddyg, y glanhawr simne, a'i fab Siôn Corn yn mynd heibio hefyd. Rhyw ddiwrnod fel'na fyddai hi heddiw, mae'n debyg, diwrnod gweld pobl yn mynd heibio. Bodlonodd felly ar edrych. Dyma pwy welodd yn ystod y dydd: Ceirios MacTeer, Lodwick Puw, Bos Jones, Lliwedd O'Brian, Picls Owen, Ifor a Marigold Peynton, Tryfan Tickle, Lavender Lloyd, Bos Jones (drachefn), Lliwedd O'Brian (eto), tudalennau papur newydd, Esgair MacDonald, Andy Dwight, caead bocs, Peredur Logan, Tanya 'Ahoy!', Dicky Stow, ambarél, het, het arall, Elsbeth Dingle, Hyke Bevan, bag crusbs, Oggie Martin, Teleri Michelmore, Nerys Sanchez, cariyr bag, Lypton Harris, Lliwedd O'Brian (eto fyth), bidogau, Edna Tweed, Megan Quoist, tanc, Denbi Joe a Priscilla, meddyliodd Hona i Selwyn 'Sandals' Evans wneud amdano'i hun, Carnedd Boscombe, Tecs Dora May, 1 Para, Eilio Sidebotham, Trident, Llio Tarquin, 'Helo' Vera, Enlli Van der Valck, cangen.

Aros

O blith holl siopau gweigion y dref penderfynodd Hona MacShane ddewis un, yr hwyaf, ar gyfer cynllun a ddaeth iddi mewn breuddwyd i greu Amgueddfa Pawb: gofyn i bawb o bobl y dref ddyfod ag un peth a fyddai rhywsut yn disgrifio – tydw i ddim eisiau defnyddio'r gair *crisialu*, ac yn sicr ddim yr ymadrodd, *distylliad o'r hanfodol* – neu'n *dal* – gair llawer gwell – eu holl fywydau; dyna oedd y syniad. Mae'n amlwg i hyn gydio yn nychymyg y bobl oherwydd wedi iddi agor drws y siop wag – Heather's Lingerie, fel 'roedd – ac edrych, 'Arglwydd!' meddai Hona MacShane yn uchel pan welodd y ciw yn ymestyn i lawr Stryd Llyn, ar hyd y Maes a rownd y castall, pawb hefo bag, neu focs, neu gariyr bag, neu hafyrsac, neu droli.

Ar flaen y ciw ac wedi bod yno ers pump y bore yr oedd 'Sbais' Thomas, ac yn ei law amlen. Y tu ôl iddo yr oedd 'Smiles' Eddy hefo rhywbeth mewn jiffy bag. 'Mi oeddwn i wedi meddwl y bydda un ohonoch chi wedi deud leidis ffyrst,' meddai Antonia Price-Davies wrth gefnau'r ddau ond ni chafodd unrhyw ymateb; y beth bynnag yr oedd hi wedi ei ddyfod gyda hi wedi ei lapio mewn papur 'Dolig llynedd (mis Mai yw hi cofiwch). 'Fyddan nhw'n dŵad â te a busgits tra dan ni'n aros dybad?' holodd Connie Palmer, ei hoffrwm hi i'r Amgueddfa mewn bocs matjis ar gledr ei llaw. 'Ma' 'na si fod 'na dost a marmalêd yn ca'l 'i gynnig yn Cei Llechi,' mentrodd Arnold Baxter-Higham ei ddweud heb gael ei lesteirio y tro hwn gan ei atal-dweud arferol, poced ei dyffyl yn chwyddo am allan hefo'i gyfraniad arbennig ef. 'Hynny'n profi nad ydy o'n talu i chi bob tro fod ymhlith y cynta,' ebe Gaynor 'Snowballs' Ellis, ei thrysor yn y bocs 'sgidiau yn y cariyr bag yn ei llaw. 'Dybad oes 'na rasbri jam yn lle marmaled?' holodd Eurgain Tucker, ei chyfraniad mewn tiwb cardbord yn piciad allan o'r hafersac ar ei chefn, 'Dan ni filltiroedd o'r riffreshments yn fama.' 'Gin bellad â'i fod o'n marmalêd thic cyt dduda i wir,' ychwanegodd Bobby Marsh i'r drafodaeth, dim byd amlwg yn cael ei ddal na'i gario ganddo ar gyfer yr Arddangosfa; ond yr oedd o'n aelod o'r Majic Syrcl yn ôl y sôn. 'Ma' dad yn fancw,' meddai Jêc Wiggins yn edrych i berfeddion y ciw hefo'i sbinglas, un droed ar y bocs polistairin yr oedd o wedi ei roi ar y llawr, 'Ma gynno fo ffiwnyral am un. Neith o byth mono fo ar y rêt yma.' 'Dwi'n clwad hogla byrgyrs?' holodd Myfi Eddington wrth iddi ar yr un pryd godi fymryn ar gaead y bocs yn ei llaw i tjecio. 'Bob dim yn iawn yn fanna?' holodd Pritchard Brotherton Myfi Eddington, hi'n cau caead ei bocs yn gyflym hefo'r geiriau: 'Ydy! Pam na ddylai o fod?', ef yn cymharu maint ei bocs hi â'i focs o gan benderfynu fod y bocsys o'r un maint ac nad oedd raid iddo gynhyrfu o gwbl. 'Arglwydd!' meddai Hona MacShane drachefn o'i chuddfan fyny'r grisiau yn edrych i lawr ar y ciw yn y drych yr oedd hi wedi ei glymu â thap rownd coes brwsh llawr a'i wthio drwy'r ffenestr agored. 'Mi fyddwn yma am byth,' meddai Mabel Hollcombe-Peate yn gwasgu ei pharsel â'i phenelin yn dynnach i'w hochr, 'Ond sgin i'm byd gwell i neud heddiw.' 'Gin bellad na neith hi'm bwrw,' meddai Gordon Picton yn rowlio ceg y plastig bag a gynhwysai y parsel bychan oedd eisioes y tu mewn i blastig bag arall. 'O'n i fod yn Tjestyr heddiw,' meddai Sulwen Pugh-Jones yn teimlo eto fyth ei pharsel bychan hithau ym mhoced ei chot rhag ofn, 'tan i Tanya Titj siarsio fi i forol mod i'n dŵad yma. Sa rywun 'di gweld Tanya Titj?' 'Dwi'n fama,' clywodd Sulwen lais Tanya, ac wrth droi rownd a chodi ar flaenau ei thraed gwelodd yn llawes oren macintosh pvc Tanya uwchben y pennau yr amlen NatWest yn ei llaw. 'Ddoist ti â fo felly?' ebe Sulwen yn nodio i gyfeiriad yr amlen NatWest. 'Do'n diwadd,' clywodd lais Tanya, 'be arall o' gin i 'nte?' Uwchben aeth awyren fychan Cessna heibio, ac fel un, edrychodd pawb yn y ciw arni. 'Hwyrach byddwn ni ar y niws,' meddai Elsbeth Locke oedd yn cario dau fag, ac un neu ddau wedi sylwi ar hynny ond wedi penderfynu dweud dim. 'Ma' 'na sôn fod 'na stondin mît an tŵ fej yn gwaelod 'na wrth Loi Jorj,' meddai Eunice Ticklemore yn symud ei net bag a'i gynnwys bychan o un law i'r llall. 'Ddudis i bo ni'n lle rong ndo,' ebe Doreen Tidy wrth y lle gwag lle roedd Jack Tidy funud yn ôl, ei focs ar lawr, 'Sa rywun 'di gweld Jack?' Gwenodd dwy-dair o'r merched o'i chwmpas ar ei gilydd yn gwybod yn iawn fod Minnie Derby yn y ciw ond o'r golwg rownd y gornel. 'A ninnau'n joind at ddy hip,' darbwyllodd Doreen ei hun ar goedd. 'Arglwydd!' meddai Hona MacShane yn gweld anferthedd y ciw drwy'r sgailait agored yn nho'r siop wag. 'Faint sy 'na tan 'Dolig?' holodd Tricsi MacNair yn ysgwyd ei bocs wrth ei chlust i wrando. 'Ma'r rheina wrth y castall yn dal yn Ogyst a ninna'n fama'n yrli Nofembyr bellach,' ebe Meical Mainwaring, blaenau ei fysedd yn grepach. 'Dan ni bron iawn yna,' meddai Tesni Brownjohn, ei hamlen yn un llaw, y baned te hefo un siwgwr a smotyn o lefrith gan y dyn Salfeishyn Armi yn y llall. A'r eira'n dechra lluwchio yn y gwagle o flaen drws y siop wag. Islaw, y rhai wrth ymyl statjw Syr Hugh Owen yn chwys laddar mewn Ha' Bach Mihangel. Lavinia Crisp a Ceridwen Pearson bellach yn eu bra a'u nics oherwydd y gwres. Trevor Pimlott yn ei y-fronts a'i fest. Eu bocsys ar ben eu dillad. 'Un rasbri ripl, plis,' meddai llais bach o rywle.

Mam?

Ni feddyliais erioed y byddai hyn yn digwydd i mi, fi, myfi, Hona MacShane. Mi ges gynnig rhan cameo un tro yn y ffilm *They Shoot Presidents Don't They?* Y tamaid yn y ffilm lle mae o'n dŵad allan o êr ffôrs wàn yn dal llaw ei wraig. A ma nhw'u dau yn weifio. Wel, fi oedd y wraig i fod. Y Ffysd Leidi. 'Gee, Hona, that's you baby. All the way you,' meddai Michael K. Du Bono, y cyfarwyddwr, y bore hwnnw wrth roid ei drôns amdano'n ôl. A mi o'ni 'di stydio am ddyddia Melania (a Jackie o'i blaen hi) a sut oedda nhw'n weifio. Ond ddaeth 'na ddim byd o'r peth. Rhyw hogan o Kansas gath y job 'n diwadd. 'Look, baby, you're made for greater things,' meddai Stanley P. Tekanno Jnr, un ben bora'n rhoid ei staes amdano'n ôl rhag ofn i bobol feddwl fod ganddo fo fol. Ond dyma fi heddiw, os ydy'r gair *heddiw* yn golygu unrhyw beth yn fama, na'r gair *fama* tasa hi'n dŵad i hynny, ac fel dwi'n deud, ni feddylis erioed y byddai hyn yn digwydd i mi, a drws y llong ofod yn agor, a mae o'n cydiad yn 'n llaw i, 'Dowch, Mam,' medda fo. A ma'r drws yn agor a dan ni'n dau'n camu ar y platfform, 'Weifiwch, Mam,' medda fo, 'fel 'sa chi'n wraig i'r president of ddi iwnaited stêts ac nid fel 'sa chi'm 'di gweld rhywun ers talwm a dach chi'n 'u gweld nhw rŵan am y tro cynta a dach chi'n weifio fel rwbath ddim yn gall. Nid weifio fela ond wef llednais,' medda fo – ni ddychmygais fod y gair 'llednais' yn ei feddiant o – 'Nid wef O.T.T.' 'Ma' nhw fel ni,' medda fi wedi dychryn gweld y dorf yn aros amdanan ni. 'Be' o'chi'n ddisgwyl?' medda fo. 'Aliens,' dwi'n 'i ddeud. 'Mam,' mae o'n ddeud dan 'i wynt, 'Ma aliens fatha ni siŵr.' 'Ond ma gynnyn nhw wyneba a ballu,' dwi'n 'i ddeud. Ac erbyn rŵan dan ni hannar ffor' i lawr y grisia, ei law o yn fy llaw i fel mam a mab. I'n cwfwr ni ma'r dyn a'r ddynas ma'n dŵad. Ma' hi'n debyg i gacan briodas thri tiyr yn cerddad. 'Cing a Cwîn y blaned OmO-9' mae fy mab yn ei ddweud wrtha i. Ac o'r diwedd agorodd

Hona MacShane ddrws ffrynt y condo. Yno o'i blaen yr oedd dyn o'r gofod, neu o leiaf hogyn tua'r deg oed mewn siwt gofodwr cogio bach, a ofynnodd iddi – ei wyneb yn mynd o'r golwg wrth i fisor plastig ei helmet stemio wrth iddo siarad – 'Chi di Mam?' Slamiodd Hona y drws ynghau. Gwyddai'n iawn mai Tudur Buckle, mab canol Edwina Buckle ydoedd. Nid dyma'r tro cyntaf i hogyn ofyn y cwestiwn yna iddi. Roedd hyn gyda'r blynyddoedd wedi troi'n gêm. Neu'n dêr fel y dywedid. 'Deria i chdi ofyn iddi,' o blith twr o hogiau a'i gwelai'n dyfod yn falwennaidd bron ar hyd y pafin hefo'i negas; hwn fyddai'r cwestiwn o bellter saff. Teimlodd y gwlybaniaeth hyd-ddi wrth i'r gwn dŵr trwy'r letyrbocs ei gwlychu. Hithau'n rhwbio'r anaglypta.

Gorffen Darllen Llyfr Genesis

Yr oedd Tom siop *Tatŵs ac Tyllau* ar sdepan drws y siop y bore hwn o Dachwedd oer, ei grys ar agor bron at ei fotwm bol – os edrychwch yn iawn y mae ganddo dri botwm bol – gweld? – un go iawn a'r ddau arall wedi eu tatŵio; ond p'run yw'r un go iawn? Un gwydn oedd Tom, a'r eryr aur Americanaidd ar fin hedfan o'i frest drwy frwgaets y blew oedd yn dechrau britho, pan ddaeth Leidi Thelma ato ac edrych i'w wyneb, wyneb yr oedd styds metal a modrwyau yn cwffio â'r croen arno am le, cyn dweud wrtho: 'Ti meddwl fedra chdi roid rwbath ar y nghefn i? Ma jysd croen mor boring.' Ysgwydodd Tom ei ben yn fyfyrgar i ddweud y medrai, ac amneidiodd yr un pen i'r ochr i'w hannog i'w ddilyn i mewn i'w siop.

Yn y cyfamser yr oedd Hona MacShane yn gorffen darllen Llyfr Genesis, yr ychydig adnodau olaf, ei braich dde yn gorffwys ar ddiddymdra'r aer, ei chwpan goffi wag yn dal yn ei llaw, *mewn arch yn yr Aifft*, mwmialodd, a chanodd ei ffôn, ffôn na chanodd ers bron i flwyddyn a hanner. Edrychodd arno'n llawn amheuaeth. Penderfynodd ei ateb. Ond ni ddywedodd air o'i phen.

'Rwbath fel hwn?' meddai Tom wrth Leidi Thelma, 'Napoleon yn croesi'r Alps. Sgin neb hwn yn lle ma 'de. A mi fydd o dipyn o tjalenj ar gefn mor fach.' 'Ti meddwl fydd 'y nghefn i'n edrach yn fwy wedi chdi neud o?' holodd Leidi Thelma. 'Swn i feddwl 'de,' ebe Tom, 'Alps yn le mawr yndi. Fforti cwid down peiment.'

'Fois ofyr?' meddai Hona MacShane i geg y ffôn wedi i'r wraig – Sami Khan wrth ei henw o gwmni Tavoli-Tafoli – ddweud *trosleisio*, ac 'Ia,' meddai Sami, 'Fasa gynnoch chi ddiddordeb?' 'Dudwch be ydy o eto?' ebe Hona. 'Cogio bach Bwrdd Twristiaeth Cymru,' meddai Sami'n amyneddgar yn ail-adrodd. 'Sbŵff Welsh Tourism Board,' cyfieithodd Hona. 'Ia,' meddai Sami yn fwy amyneddgar fyth, 'A mi fyddwn ni'n dangos y golygfeydd arferol o'r awyr, drone shots, Tyddewi, Castell Caernarfon, Y Bae, Y Bannau, Y Barri, Y Gogarth, Yr Wyddfa, Clawdd Offa, Y Rhyl, Pentre Ifan, Beaumaris, Harry Secombe, ond wedyn mae 'na rywbeth erchyll yn digwydd, actjiwli yn digwydd ar y pryd, dder an dden, a fasa raid i chi fyrfyfyrio drosto fo ar y pryd hefyd yn ddi-gyffro, yn ddi-emosiwn heb newid tôn y llais ddefnyddioch chi i sôn am arfordir gwych Sir Benfro. Mi fydd y golygfeydd i gyd wedi eu sgriptio rhag blaen.' 'Ond nid y peth erchyll ma?' 'Cywir.' 'A dach chi ddim am ddeud be' fydd y peth erchyll ma?' 'Does neb yn gwybod eto be' fydd o. Y cwbl fydd raid i chi ei wneud, fel dwi wedi dweud, ydy gofalu peidio newid tôn eich llais. Cadwch o'n fflat.' 'Ar sgêl wan tw ten pa mor erchyll fydd y peth erchyll ma?' 'Shocing. Fydd o'n absoliwtli shocing.'

'Fforti cwid down peiment ti ddeud?' 'Ia.' 'Faint wedyn?' 'Fforti arall os ga'i iwsio dy gefn di fel adfyrt.' 'Ac os dwi'n gwrthod?' 'Eiti on top.' 'Oce. Fel adfyrt ta. Ond dwi'm isho dangos 'y ngwynab.' 'I be' faswn i isho dangos dy wynab di?'

'Ffein. Diolch. Ro'i gytundeb i chi yn y post.'

Gwaelod Bocs 'Fala

Bob nos ers pythefnos yr oedd Hona MacShane wedi clywed y swn curo yn nhrymder nos. Gwyddai fod Jackson Lewis yn y fflat drws nesaf iddi yn jyglo hefo pedair pêl – *saltimbanque* fel roedd o'n licio galw ei hun – gwyddai hi hefyd nad oedd o fawr o gop, a bod mamau wedi peidio â'i ddefnyddio ar gyfer partis pen blwydd eu plant, yn enwedig felly ar ôl parti pen blwydd hunllefus Eisenhower Bevan, a thybed felly mai'r peli yn bownsio hyd bobman oherwydd ei fethiant i'w dal oedd yn gyfrifol am y swn? Ond a oedd o'n jyglo yn nhrymder nos? Y dydd o'r blaen gwelodd hi Tabor ac Eira Childes-Martin yn y fflat uwchben yn derbyn bocsaid o afalau oddi wrth Sebs' Fruits, a pharodd hyn iddi gofio bod yn un o siopau Sebs' Fruits, yr un sydd ar gornel Palas Strît a Hôl in Ddy Wôl, fe wyddoch amdani'n iawn, pan gododd un o hogia' Sebs focs o 'fala ac i'w waelod roid a'r afalau'n drymbowndian hyd y siop gan wneud swn tebyg i'r swn yr oedd Hona erbyn hyn yn ei glywed gydol y pythefnos diwethaf yn nhrymder nos. Ond wan-off oedd y profiad hefo'r bocs 'fala yn y siop, a go brin fod yr un peth wedi ei atgynhyrchu hefo bocs 'fala'r Childes-Martins, a hyd yn oed petai yna gyd-ddigwyddiad a bod gwaelod eu bocs hwy wedi rhoi hefyd, a oedd, wrth reswm, yn gwbl bosibl, yr hyn nad oedd yn gwbl bosibl oedd i waelod y bocs roi'n feunyddiol a gollwng y 'fala hyd bobman i gynhyrchu'r swn a glywai Hona ac i hynny ddigwydd yn nhrymder pob nos. Nid oedd dim Cymraeg rhwng Hona a'r Childes-Martins ers y digwyddiad hwnnw bron dair blynedd yn ôl i'r diwrnod hefo Eloise Bang, y got ffyr, a'r Typhoon Insect Repellent, ac felly ni roddai Hona heibio i Tabor, cyn-beiriannydd sain hefo'r BBC fel ag yr oedd, recordio afalau'n disgyn hyd lawr a'i chwarae ar loop yn nhrymder nos jysd er mwyn ei chythruddo a thalu'r pwyth yn ôl. Wedi cymryd hyn i gyd i ystyriaeth penderfynodd Hona MacShane y byddai'n rhaid iddi gynnal yn ei fflat yr hyn a elwir yn séance oherwydd, heb os ac yn bendifaddau, gwir ffynhonnell y sŵn curo oedd poltergeist. Y cwestiwn mawr iddi hi oedd pwy i'w wahodd i'r séance. Hoffai'n ddirfawr roi gwahoddiad i Eloise Bang, ond ar ôl y digwyddiad a grybwyllwyd eisioes roedd hynny'n amhosibl. Oedd o? Tarquin Pallaster, heb os, gan ei fod ef yn deall y pethau yma. Ednyfed Hope? Falla wir! Konrad Huws, ia. Tegwen Mulcer. Dim ffiars! Dwnim pam groesodd hi'n meddwl i hyd yn oed. Cled Padmore? Waeth ei gael o ddim. A Mai Abelhyde. A chwarae teg, Richmond Hale. Ond 'sa'n well gin i losgi'n uffarn na gwahodd Sy Tigg-Jones twll 'i din o. Heno oedd noson y séance. (Bore Mercher yw hi rŵan. Ar foreau Mercher bydd Be' Chi'n Galw yn dyfod draw i roi 'cymorth' i Hona MacShane. Rhyw hanner awr ballu gymer hyn. Y mae gan Hona enw ar bob dim. Enw ei gwely yw 'Cyfyngder'. Ac felly dyna hyn'na drosodd am wythnos arall.) Poeth y bo, waeth gin i befo nhw ddim, meddai Hona'n codi'r ffôn, deialu, aros, a meddai wrth y llais atebodd: Gwranda, Eloise, waeth gin i amdanyn nhw, dwisho chdi ddwad i'r séance heno. A dyma nhw rownd y bwrdd yn disgwyl iddi dywyllu'n iawn: Eloise Bang, Richmond Hale, Cled Padmore, Konrad Huws, Ednyfed Hope, Tarquin Pallaster, Mai Abelhyde, ac wrth gwrs, Hona MacShane ei hun. Yn gylch o gwmpas y bwrdd, ar ei wyneb Ffrensh polish, y mae'r llythrennau. Parodd hyn dipyn o benbleth i Hona'n gynharach yn y prynhawn. Cymraes/Cymro? Sais/Saesnes? Pa iaith oedd y poltergeist? Penderfynodd Hona yn y diwedd ei fod/bod wedi 'byw' yma'n ddigon hir i fod yn rhugl ei G(Ch)ymraeg. Ac os na, rhag cwilydd iddo/iddi. Felly ychwanegodd Ch, Dd, Ff, Th at y llythrennau oedd ganddi eisioes – unwaith o'r blaen yr oedd Hona wedi cynnal séance, a hynny adeg digwyddiad Dorien MacIntosh. Yn ychwanegol, ac er budd y poltergeist, gosododd yn y cylch, ac yn y lleoedd cywir, wrth reswm, sgwariau papur lle yr oedd wedi dyblu NN ac RR; felly petai'r poltergeist angen dwcud *annwyl* ni fyddai raid iddo/iddi ond symud y gwydr un waith yn unig yn union fel petai wedi dewis dweud *anwylaf*.

'G'uthwn i?' holodd Richmond Hale yn codi'r gwydr a oedd wedi ei osod wyneb i waered ar ganol y bwrdd. Cytunodd Hona i hynny ddigwydd. Cododd Richmond y gwydr i'r entrychion a'i droelli gerfydd ei waelod, y glàs wrth ddal briwsion goleuni olaf y dydd yn goelcerthi bychain hyd-ddo. Â blaen ei fys tarodd Richmond y gwydr a chlywodd y nodyn, a 'mudl si,' meddai, 'Gwydr o wneuthuriad cwmni Montcenis o gyfnod yr Ancien Regime. Oddeutu 1790 ddywedwn i. Brensiach! Lle gawsoch chi'r gwydr anhygoel yma, Hona?' Atebodd Hona drwy wenu arno. Dechreuodd Konrad Huws disian, y ffasiwn disian na welodd neb ddim tebyg iddo ers talwm iawn, iawn. A'i lygaid yn dyfrio, a'i law ym mhobman hyd-ddo'i hun yn chwilio am boced ei drowsus, yn y man medrodd Konrad ddod o hyd i'w hances – 'Irish linen!' meddai Eloise Bang, pan welodd hi'r hances claerwyn, ac yn ei phlyg, 'Hances wedi'i smwddio, myn diân i,' ychwanegodd – ond wrth dynnu'r hances o'i boced daeth hefyd allan o'r boced ddwsin o leiaf o ball-bearings gloywon a sgrialodd yn swnllyd hyd y llawr, yr union sŵn yr oedd Hona MacShanc wedi ei glywed yn nhrymder gofidus y nosau blaenorol. Penderfynwyd drwy bleidlais nad oedd raid felly gynnal y séance: chwech o blaid, dau yn erbyn. Nid oedd hynny'n rheswm i beidio mwynhau y platiad o frechdanau samwn – samwn sydd mewn tun, eog yw'r peth arall – yr oedd Hona wedi eu paratoi i'w cael ar ôl y séance. Gofynnodd Richmond Hale a fyddai modd iddo gael yfed sheri o'r gwydr antîc. Fe gafodd. Enw'r gwydr anfynych oedd Barry. Enw'r bwrdd Ffrensh polish oedd Roy. Ar ôl cyhyd o amser ac wrth iddi adael cusanodd Eloise Bang Hona MacShane. Mor hyfryd yw cymodi.

Cabeijis

Heddiw yr oedd Hona MacShane yn dathlu ei phen blwydd yn gant dau ddeg a naw mlwydd oed, er mai ym 1956 y ganed hi. A hithau'n wyth oed daeth datguddiad i'w rhan a wnâi iddi deimlo fel rhywun deunaw oed; felly hawliodd mai deunaw oedd hi. Pan gyrhaeddodd yn y diwedd y deunaw llythrennol cafodd ddatguddiad arall a wnâi iddi deimlo fel rhywun a oedd yn ddeg ar hugain mlwydd oed. Mynnodd wedyn mai'r deg ar hugain symbolaidd oedd ei gwir oedran. Cafodd ddau ddatguddiad arall: y naill pan oedd yn bymtheg ar hugain, a'r llall pan oedd yn ddwy a thrigain, y cyntaf yn peri iddi newid ei hoedran i hanner cant, oherwydd dyna a ddywedai ei datguddiad oedd ei hoedran metafforaidd, a'r ail yn newid ei hoedran i fyd llawn doethineb rhywun oedd yn gant dau ddeg. Nid oedd Hona MacShane yn disgwyl datguddiad ychwanegol a newydd i'r un a gafodd naw mlynedd yn ôl erbyn rŵan.

Felly, a hithau heddiw yn gant dau ddeg a naw mlwydd oed teimlai fel y gog, ac fel y dywedodd y bardd, yn myned yn iau wrth fyned yn hŷn, wedi gwisgo amdani oherwydd yr achlysur ei ffrog felen, melyn Colman's, canfu ar riniog ei drws ffrynt focs – 'Oddi wrth dy ffrindiau i gyd xxx' – llawn o gabeijis. Yn rhy drwm i'w godi, ar ei phedwar gwthiodd ef i barlwr ei fflat. Wedi ei agor yn iawn gwelodd fod pob cabajan wedi ei henwi, a llygaid papur wedi eu pinio i bob un. Edrychodd ar Jâms Savoy yn edrych yn ôl arni hi. Yno yn rhythu i'w chyfeiriad yr oedd Ardwyn Vaughan, Neta Arbuckle, Toni Philpots, Heledd Higham, Saunders Bevan, Teri ap Elgan, Môn Harrison, B.L.C., Blod Jackson-Pyke. Cododd Hona Teri ap Elgan o'r bocs, ei gwyrdd dyfrllyd bron ar ddiflannu i wynder, y teimlad rwberaidd hyd ei dwylo, ei chario i'r gegin a'i gosod ar y pren-malu-petha', gafael yn y gyllell – anrheg y llynedd: 'Oddi wrth dy ffrindiau i gyd xxx' – un law ar y carn, y llall ar y llafn, gwthiodd â'i holl egni am i lawr nes hollti'n wichlyd y sffêr yn ddau ddarn, y darnau'n siglo yn ôl a blaen am ychydig ar y pren, y blêd yn wlyddar ac yn sgleiniog. Ni fyddai fawr o dro, sylweddolodd, yn trin y gweddill. Dechreuodd yr holl beth deimlo fel datguddiad. Yr oedd hwn yn ben blwydd gwerth ei gael. Teimlodd ei bod yn dynesu at ei dau ganfed mlwydd oed. Yr oedd rhywbeth cynnar, cyntefig, Hendestamentaidd, Bendigeidfranaidd yn dechrau ymgodi o flaenau ei thraed am i fyny a'r gyllell yn hollti pen cabeitj Môn Harrison.

Bywgraffiadau

'Billy OK oedd gŵr cynta'r beth MacShane 'na?' yr oedd rhywun yn holi yn y dref ar y funud hon.

Priododd Hona MacShane wyth gwaith. Dyma fywgraffiadau byrion o bob un o'i gwŷr.

Eleazer 'Ely' Cannon. Ef oedd Morgan Stutzy, y mab ieuengaf yn y gyfres Stutzy & Co. Anfonodd lun ohoni ei hun ato gan ofyn – erfyn? – am lun ohono ef yn ôl. Wedi deufis – deufis gwaethaf ei bywyd yr adeg honno – daeth y postmon â thiwb cardbord enfawr, ei henw arno, ac o'i fewn lun anferth, digon i orchuddio drws ei wardrob, o Morgan yn cofleidio syrffbord; Morgan noeth heblaw am ei dryncs nofio lleiaf erioed – 'Brensiach!' oedd adwaith ei mam – a'r cyfarchiad *To Honna With all my love, Morgan Stutzy.* Gofidiodd am ddyddiau iddo roi dwy 'n' yn ei henw. Darganfu y prynhawn hwnnw y medrai hi wrth roi ei chefn yn erbyn y llun gymryd lle'r syrffbord a theimlo braich Ely – Morgan Stutzy – amdani'n dynn. 'Gwnaf,' meddai wrtho y gyda'r nos honno. 'Be' ti 'di bod yn neud?' holodd ei mam hi amser swpar. 'Priodi,' ebe hithau. Naw oed oedd hi ar y pryd. 'O, dyna neis,' dywedodd ei mam. Blwyddyn a hanner barodd y briodas. Yr oedd yr ysgariad yn hollol gyhoeddus ac yn giaidd ac ar y teledu: Pennod 6 o'r Wythfed Gyfres. Ni wyddai'r dosbarth na'r athrawes beth i'w ddweud wrthi. Hi dorrodd y garw ar ganol y wers sillafu: 'Gwrandwch,' meddai hi, 'mi oedd o am y gorau.' 'Cofiwch edrych,' meddai'r athrawes, 'Y mae un 'n' yn annelwig yn *edrych* yn anghywir.'

Rhys Lewis. Darllenwraig achlysurol oedd Hona MacShane. Ond pan ddarllenai, darllenai'n ddwfn. A hithau'n ddeuddeg oed ac wedi iddi ddarllen y frawddeg hon: 'Mae gwneud cyfaddefiad llawn, di-gêl, diatal o'r gwir – carthu allan bob congl fudr o'r gydwybod, hyd yn oed o flaen dyn, yn rhoddi rhyw fath o nerth i'r cyfaddefwr', ni allodd rwystro ei hun rhag cyfaddef ar goedd ei bod dros ei phen a'i chlustiau mewn cariad â Rhys Lewis. Yn ei bol gallai ei deimlo ef yn cwffio'r geiriau ac yn gwahanu'r brawddegau i'w chyrraedd. Mae'n rhaid iddo gael help Bob oherwydd un bore yno roedd ei ben ar y gobennydd wrth ei hochr, y brawddegau'n rhemp hyd lawr. A chan mai bwriad yw priodas ac nid seremoni yr oedd y ddau erbyn amser brecwast yn ŵr a gwraig. 'O! yr hogan 'ma,' meddai ei mam pan welod ei merch yn estyn powlen i gyfeiriad y gadair wag a gwenu'n garuaidd arno, a rhoi menyn ar ei dost ar ôl hynny a gosod y plât o'i flaen yn y dull hwnnw y bydd y newydd-briodi yn gweini ar ei gilydd am gyfnod. 'Wel,' meddai ei thad yn wincio ar ei mam, 'Rhys, beth a ddywedi amdanat dy hun?' Yr oedd dylanwad Hona yn fawr ar Rhys i'r graddau y medrodd ef wneud cyfaddefiad llawn mai anffyddiwr rhonc ydoedd bellach. Ar un adeg teimlodd Hona ei bod yn feichiog. Heb os, byddai'r briodas wedi para'n hirach petai Hona heb ddyfod ar draws *Three Lives*, Gertrude Stein.

Artex-Artex. Ar wastad ei chefn ar y soffa ddiwrnod ar ôl ei phen blwydd yn bymtheg oed yn edrych ar y nenfwd yr oedd Hona MacShane pan gyfarfu gyntaf erioed ag Artex-Artex. Yr oedd hyn hefyd ychydig wythnosau ar ôl y goleuadau rhyfedd a welwyd ar y Berwyn. Yn *Y Cymro* gwnaeth rhywun gymhariaeth â Goleuadau Egryn, a chafwyd ymateb chwyrn drwy lythyr yr wythnos wedyn – cofier fod *Y Cymro* yn wythnosolyn yr adeg hynny – oddi wrth yr Athro Calfin MacDonald yn gresynu i'r gohebydd blaenorol feiddio cyplysu Yr Ysbryd Glan â Ll.O.A. – Llong Ofod Anhysbys? – fel y galwodd yr Athro Calfin MacDonald y ffenomen ar y Berwyn, y gola' siâp soseij fel yr honnwyd. Dwylo Artex-Artex a ymddangosodd gyntaf, y bysedd hirion fel rhai pianydd da, y breichiau o'u hôl yn ymestyn droedfeddi, yn denau ac yn amlwg hyblyg, yn lanhawyr-cetyn o bethau – cofier fod 'mynd' ar smocio cetyn yn y dyddiau rheiny, wrth ddarllen Y *Cymro* min nos, mae'n debyg. Wedyn ger ei bron, ger ei gên dweud y gwir, dangosodd Artex-Artex ei wyneb gwelw, gwe-debyg, glandeg, gwawl-olau. Gwyddai Hona ei fod ar fin ei chusanu, gallai deimlo'r pigau mân yn tasgu o'i min hithau, pan glywodd ei mam yn sgrechian ar ei thad: 'Benji-Jo, ma'r siling 'di dŵad lawr ar yr hogan 'ma. G'na rwbath.' Peth ofnadwy yw mynd yn hŷn a cholli dychymyg, a glaw yn ddim byd ond glaw; yn wir yn ddim Byd. A'r llong ofod yn teimlo fel ambiwlans o gariad, wedi iddynt gyrraedd y blaned C-ampersand-A priodwyd ar fyrder Hona MacShane ac Artex-Artex, y gwesteion yn eu gwynder yn cyhwfan o'u cwmpas. Ar y dystysgrif priodas gwelodd Hona fod Artex-Artex yn ddwy fil a phedwar cant naw deg mlynedd oed. Po mwyaf yr oedran ieuengaf yr unigolyn esboniwyd wrthi. Yr oedd ei rhieni mewn dagrau o lawenydd. Dywedai ei mam wrthi'n aml: 'Mi ddoist yn ôl o le pell.' Hyd y dydd heddiw y mae rhan ohoni wedi aros yn y Lle Pell hwnnw hefo'i chyn-ŵr Artex-Artex. Petaent wedi cael plentyn a hwnnw'n hogan byddai wedi mynnu ei henwi'n Berwyn. Nid oes neb y dyddiau hyn yn sôn am oleuadau rhyfedd yn yr awyr. Beth tybed oedd i gyfrif am eu presenoldeb aml yn y dyddiau pell rheiny'n ôl?

Ajax. 'O! ti rêl Trojan,' clywodd Hona MacShane – yr oedd hi'n gwrando tu allan i ddrws caeedig y stafell wely – ei mam yn dweud y noson honno wrth ei thad. Efallai mai hynny, neu am fod ei ffrind pennaf ar y pryd Myfanwy Pitkin wedi dechrau canlyn (gair allweddol y cyfnod) Hector Perry, y penderfynodd hithau y dylai gael cariad (gair arall oedd yn cael ei daflyd o gwmpas y lle bryd hynny). Ond yr oedd hi angen rhywun gwahanol, allan o'r cyffredin. A dyna pryd gwelodd hi ef. Pan agorodd ei mam y cwpwrdd o dan y sinc, yno roedd o yn edrych arni, ei freichiau cyhyrog nas gwelsai neb arall ond y hi yn barod i'w chofleidio, ei enw mewn coch pendant ar draws ei frest casgennaidd: Ajax. A chaeodd ei mam ddrws y cwpwrdd yn araf. Ond y noson honno y teimlodd Hona gyntaf erioed sut yr oedd rhannau eraill o'i chorff yn gweithio. A byth ers hynny y mae hi wedi teimlo wrth feddwl am y peth mai Ajax oedd ei gŵr cyntaf.

Huw?

Yn lle cawsoch eich cusan gyntaf? A gan bwy?

Ar iard ysgol fach Bontnewydd. Gan Salvator Saynor.

Pryd fuo chi hapusaf?

Noson fy mhriodas hefo Huw yn Macau. Yr oedd y briodas yn gyfangwbl mewn Creole. Yn ddiweddarach wrth edrych ar fideo ohoni hefo ffrind adref y cyfieithwyd i mi gwestiwn y 'gweinidog': 'Wyt ti am gymryd y ffycar hyll a gwyn hwn yn ŵr i ti?' Huw druan.

Dyma ran o'r cyfweliad a wnaeth Hona MacShane â'r cylchgrawn hel clecs, dychanol (o fath) a dwyieithog (wrth gwrs!) *Hoover Môn.* A yw pobl yn dweud y gwir mewn cyfweliadau o'r fath? Er ymchwilio nid ydym wedi medru dyfod ar draws unrhyw 'Huw'. 'Huw' be'? 'Huw' pwy?

Maughan Evans. 'Ieithydd, ysgolhaig, bardd. Ganed 10 Mai, 1961 yn Llanddaniel Fab, Ynys Môn, pedwerydd plentyn Eunice Ball a Sydney Beauchamp Evans. Cipar ar stad Plas Newydd oedd ei dad. Swolegydd oedd ei fam ac awdur *Crustaceans of the Anglesey Coast.* Addysgwyd: Ysgol Eglwys Llangaffo, Coleg Llanymddyfri, Coleg Gonville a Caius, Caergrawnt. Graddiodd 1981 â Dosbarth Cyntaf mewn Sansgrit a Pali. Gradd Doethur 1985, Prifysgol Cymru, Aberystwyth: Yr Elfen Sansgrit yn yr Iaith Gymraeg; traethawd a dalfyrrwyd ac a gyhoeddwyd dan y teitl: *Rhi, Rig a Rex* (Llyfrfa'r M.C., Caernarfon, 1990 – llyfr olaf y wasg honno). Wedi cyfnodau fel gyrrwr tacsi yn ninas Bangor, hyfforddwr T'ai Chi, swyddog marchnata i Teisennau Berffro (MacDougall Pastries, Liverpool), swyddog prawf, amser byr iawn fel 'turf accountant', chwedl ef, a mân swyddi eraill, penderfynodd fynd ar daith gerdded drwy Ceylon (Sri Lanka). O'r daith honno y deilliodd ei gyfrol gyntaf o farddoniaeth: *Pali Klwyddau a Kywyddau Eraill* – Llyfr y Flwyddyn, Cyngor Celfyddydau Cymru, 1994. 'Y mae'n rhaid i bob llyfr ei bwrpas.

Beth yw pwrpas y llyfr hwn, os gwelwch fod yn dda, y Bonwr Evans?' – tamaid allan o adolygiad llawnach gan yr Is-ganghellor Tegid Pedaddurn yn Bwletin y Llyfrgellyddion, Gaeaf, 1994. Ym 1995 priododd Hona MacShane gan ymgartrefu yn 'Taganrog', Llangristiolus. Ysgarwyd y ddau ym 1996. Ym 1998 ymfudodd i Bhutan. Ni chlywyd dim amdano hyd y llynedd pan ymddangosodd cyfrol o gerddi mewn Americaneg o'i eiddo: *The Silver Dagger Dragon Meeting Papa Pui, The Rice Magnate* (Knight, Paul and Popper, N.Y.).

Adrian Ho. Yn y cyfnod pell hwnnw'n ôl pan oedd pictjws Majestic ym Mlaenau Seiont, Max von Sydow fel Iesu Grist, a'r merched hefo fflachlampau yn arwain gwylwyr hwyr i'w seddau drwy orfodi gwylwyr eraill i godi er mwyn i'r ddau hwyr, go damia nhw, gyrraedd y ddwy sedd wag oedd wastad yn y canol, Max von Sydow ar y pryd yn codi Lasarus o farw'n fyw, y ddau newydd-ddyfodiad oedd newydd greu y ffasiwn strach yn dechrau cusanu'n syth bin, yr oedd un dyn ymhlith holl ferched y fflachlampau, Morgan Ho, tad Adrian Ho a briododd yn y man wedi 'whirlwind romance' – geiriau ei fam Connie Ho – Hona MacShane yn y Swyddfa Gofrestru ym Mangor ar bnawn Iau. Ar ôl dangosiad pnawn o Lisztomania a phawb wedi gadael, y rheolwr yn mynd o sedd i sedd i edrych ar y llanasd a adawyd, daeth ar draws Morgan Ho ar lawr yn farw, ei fflachlamp yn dal ynghyn, popcorn hyd bob man. Fel y dywedwyd yn ei angladd, Ben Hur oedd ei ffilm gyntaf un fel usherette.

'Tycoon' Thomas. Dechreuodd hefo un siop dda-da; o fewn blwyddyn yr oedd ganddo dair; ymhen pum mlynedd dwy ar hugain ohonynt a thri warws. Blwyddyn arall ac yr oedd siopau swîts 'Tycoon' Thomas ledled y wlad. Erbyn hynny yr oedd yn galw John Cadbury a Mark Rowntree wrth eu henwau cyntaf. Ond fel y gŵyr pawb, sylfaenwyd a sefydlwyd ei enwogrwydd ar Mine Keg ('The Exploding Toffee'): y minciag a ddatblygodd ar y cyd gyda'i bartner busnes, Meical Nessls. Wedi'r achos llys

enwog ac yntau wedyn yn berchennog llwyr ar y cwmni symudodd i fyw'n barhaol i'r pied-á-terre a oedd eisioes ganddo ym Mwlchtocyn, ger Abersoch. Yn ôl y chwedl stopiodd ei gar un pnawn yn Llanbedrog, edrych ar ei wraig oedd wrth ei ochr, a dweud wrthi: 'Dwi 'di dy gnoi di ers blynyddoedd fel tjiwing gym, ac fel pob tjiwing gym sydd wedi ei or-gnoi, ti wedi colli dy flas.' Wedi'r ysgariad pur gostus iddo buddsoddodd mewn gwraig newydd. Priododd 'Tycoon' â Hona MacShane ddydd calan y flwyddyn honno. Arweiniwyd Hona i mewn i'r capel bach gwyngalchog gan hogyn wyth oed oedd wedi ei wisgo fel dyn llnau simne, ei wyneb wedi ei bardduo â pharddu go iawn. Ddwy flynedd yn ddiweddarach stopiodd eto ei gar yn Llanbedrog, a meddai wrth Hona: 'Be' mae rhywun i fod i wneud hefo wrapper da-da gwag?' Gollyngodd hi yn y fan a'r lle ar y pafin. Ni chostiodd yr ysgariad ddim iddo oherwydd i Hona yn ystod ei dyddiau gwirioni'n bot arwyddo cytundeb, fel mae rhywun. Cerddodd hithau yr holl ffordd yn ôl i Flaenau Seiont. Wedi iddi gyrraedd rhyfeddodd mai teirawr yn unig a gymerodd iddi wneud hynny. Edrychodd o'i chwmpas ar y dref odidog.

Ni phriododd erioed â Billy OK – bu'n byw tali, ymadrodd y dydd bryd hynny, ag o am chwe mis ballu, tan iddi roi cic allan iddo; felly nid oes angen rhoi bywgraffiad iddo ef.

Weithiau bydd Hona'n clustfeinio wrth glawr *Hunangofiant Rhys Lewis* Gweinidog Bethel, a'i glywed yn crio ymysg y brawddegau. Dyna i chi fesur ei dirnadaeth o lenyddiaeth.

Rhwng Dau Lasiad o Win

Yn y fflat yn y condo, ei dwy law yn anwesu i'w bron y glasiad o win gwyn sych, ei chefn yn erbyn braich y soffa, ei dwydroed yn gorwedd ar yr hyn a elwid ar un adeg yn *pouffe*, petai Hona MacShane wedi codi o'r fan honno ac agor ei drws ffrynt byddai wedi dod wyneb yn wyneb ag Alcwin Eddington a bwnsiad o flodau yn ei law. Yr oedd Alcwin wedi bod yn sefyll yno 'am dros awr'. Yr oedd wedi codi ei fawd un waith ar gyfer canu'r gloch. Ond ymataliodd.

Cwestiynau:

1- Pan ddaeth Emrys Eddington i nôl ei dad gynnau o ddrws ffrynt Hona MacShane, a oedd Emrys wedi gwneud y math yma o beth o'r blaen a 'gwared' Alcwin o ddrysau ffrynt eraill yn y dref?

2- Ai yn Pepco bnawn Mawrth y gwelodd Alcwin Hona gyntaf erioed? Os ie, beth ddigwyddodd wedyn? Os na, beth oedd y cysylltiad rhyngddynt?

3- Pam fod hogyn deuddeg mlwydd oed fel hyn yn teimlo gorfodaeth i ddilyn ei dad?

4- Sut y gwyddys i Alcwin Eddington aros am 'bron i awr' o flaen drws ffrynt Hona MacShane? Yn enwedig felly os oedd Emrys Eddington wedi ei ddilyn o'r cychwyn cyntaf, onid oedd yn beth od iddo adael ei dad am 'bron i awr' cyn ei hebrwng oddi yno? A oedd Emrys erbyn hyn wedi dysgu sbecian? Tybed mai ymhell ar ôl iddo ddiflannu o'r tŷ y sylweddolodd Emrys fod ei dad yn absennol ac mai wedyn yr aeth i chwilio amdano?

5- A oedd patrwm i symudiadau ei dad?

6- Ymhle y prynodd Alcwin y blodau? Blodau Pepcoaidd ydynt a'u tarddle yn Kenya.

7- Beth oedd i gyfrif am yr unig amrywiaeth ar flodau dro'n

ôl ac mai bocs o Milk Tray – ynteu Quality Street? –
oedd yn nwylo Alcwin Eddington tu allan i'r drws ffrynt
arall hwnnw?

8- Pryd y mae meibion gyntaf oll yn dyfod ar draws
'guddfeydd' a 'phechodau' eu tadau? A sut?

9- Ychwaneger yma unrhyw gwestiynau eraill, perthnasol.

Meddyliodd Hona MacShane iddi glywed sŵn ar y coridor y tu
allan, felly cododd – yr oedd hyn yn beth anarferol iddi hi ei
wneud – ac agor y drws ffrynt. Nid oedd dim na neb yna. Dim
ond arogl blodau chrysanthymyms rhad fel a geir mewn
crematoriym gwag ddiwedd y dydd ar ôl yr holl angladdau.
Caeodd y drws. Penderfynodd y byddai'n arllwys glasiad arall
o win gwyn sych iddi hi ei hun.

Stamps

Yr oedd Melangell ach Ifor, Anna Gopnik, Myf Hope, Heighton Parry, Edwina Shackle, Arddwyn Malahyde, Huwco Price, Wigmore Huws, Myfanwy Pitkin, Billy OK, Donal MacShane, Maughan Evans, Adrian Ho ac, wrth reswm, Hona MacShane ei hun yn eistedd yn un rhes hir ar wal y cei y pnawn hwn o haf, eu wynebau tua'r môr, yn pasio un hufen iâ o'r naill i'r llall, pob un yn cymryd llyfiad o'r rasbri ripl cyn ei drosglwyddo i'r nesaf wrth ymyl, pan ofynnodd Hona: 'Oes 'na unrhyw beth y licia ni ei wneud cyn iddi hi fynd yn rhy hwyr arnom ni nad ydan ni ddim wedi meiddio ei wneud o'r blaen oherwydd ofn, ofn cael ein dal, neu ofn cael ein condemnio?'

Lledodd distawrwydd drwy'r rhes, yr hufen iâ yn parhau i drafeilio o law i law. Myfanwy Pitkin yn llyfu hufen iâ tawdd o gefn ei llaw ar ôl iddi ei basio i Billy OK. Billy OK yn teimlo'r cornet yn meddalu ac yn ofni iddo blygu'n ei hanner ac felly'n ei basio'n gyflym heb gymryd llyfiad arall i Donal MacShane. Yr oedd wyneb Edwina Shackle yn awgrymu iddi feddwl am rywbeth ond edrychodd i gyfeiriad Adrian Ho. Gwyddai Anna Gopnik na fyddai hi'n mentro dim, o leiaf dyna a ddywedai ei dwylo wrth iddynt dynhau am ymyl wal y cei. Yr oedd Wigmore Huws erbyn hyn yn llawer rhy hen – a wele! yr hufen iâ o dan ei drwyn yn llaw Huwco Price yn cael ei gynnig iddo. Gwenodd. Derbyniodd. Llyfodd. 'Wel,' meddai Heighton Parry o'r diwedd a wynebau pawb yn troi i edrych arni mewn disgwylgarwch mawr, rhyw gnofa sydyn yn gwasgu cylla Arddwyn Malahyde, 'Well mi throi hi am y posd offis cyn iddi gau. Dwi angen stamps.' A rheol dynoliaeth yw: pan mae un yn gadael mae'r gweddill yn gadael hefyd.

Pawb ond Hona MacShane a giciai'i sodlau yn erbyn cerrig y wal ymhell tu hwnt i'r cyfnos, y llanw wedi hen droi, ogla'r mwd yn annymunol, a hyn yn debyg iawn i hapusrwydd.

Rhagluniaeth

Yr oedd Hona MacShane wedi gwahodd Melangell ach Ifor, Arddwyn Malahyde ac Anna Gopnick y tro hwn i weld y sioe. Eisteddai'r bedair ar y soffa yn wynebu'r ffenestr yn ddisgwylgar. 'Stynnwch fel tasa chi adra, genod,' ebe Hona'n cyfeirio at y danteithion ar y bwrdd o'u blaenau: brechdanau ham, eg an' cres, tjicin tica; crusbs; cnau mwnci; Bombê mics; olufs a styffd pepyrs bychain llawn caws. Platiau papur yn barod yn eu dwylo ill pedair. 'Ma' 'na twth pics yn fanna hefyd,' ebe Hona. Clywyd y synau metel, ac yn reddfol closiodd y bedair yn nes at ei gilydd. Daeth blaen ystol i'r fei ar ymyl lintel y ffenestr. 'O!' ebychodd Arddwyn Malahyde gan wasgu'r plât papur yn ei llaw nes creu rhychau hyd-ddo tebyg i wyneb henaidd W.H. Auden neu Gwenallt. Ar ben yr ystol ymddangosodd mop o wallt cringoch, wedyn talcen, wedyn dwy lygad a thrwyn, ceg a gên, wedyn y gweddill o gorff Tommy Burton-Hall, neu 'Buddug' fel yr adwaenid ef, y glanhaydd ffenestri, un droed yn unig ar ris olaf ond brig yr ystol, y goes arall yn hongian yn niddymdra'r aer – petai'n gloc mi fyddai'n ugain munud i bedwar – chamois mewn un llaw, sbynj yn y llall, yn acrobat dŵr a sebon, gwlybaniaeth a sglein. Fel pob glanhaydd ffenestri da gofalai 'Buddug' nad oedd fyth yn edrych drwy'r gwydr i'r ystafell. Wrth edrych ar y dyfrio a'r sychu yr oedd llaw Anna Gopnick yn llonydd yn y bowlen Bombê mics; brechdan tjicin tica'n oedi o fewn modfeddi i geg agored Arddwyn Malahyde; Melangell ach Ifor yn sugno'n araf un gneuen mwnci ar ôl y llall. Gwasgodd 'Buddug' y sbwng llawn trochion sebon a'i ysgwyd cyn disgyn i lawr yr ystol yn ôl.

'... dyner lais ...'

Oherwydd nad oedd ganddi ddim byd gwell i'w wneud y bore hwnnw y cytunodd Hona MacShane i ofyniad y llais – ac yr oedd hi'n meddwl ei bod yn adnabod y llais – yr ochr arall i'r ffôn. 'Y cwbwl sydd raid i chi ei ddeud,' esboniodd y llais wrthi, 'ydy "Dach chi'n agos iawn" neu "Dach chi'n go bell ohoni" i'r cwestiynau y bydda i'n eu holi er mwyn i ni fedru casglu gwybodaeth amdana chi.' Pendronodd Hona hyn am dipyn – gymaint felly nes peri i'r llais holi: 'Ydach chi'n dal yna?' – a medda hi: 'Gwrandwch, sa well gin i fedru ymateb drwy ddeud "Poeth" neu "Oer".' Meddyliodd y llais am y peth. 'Or gora,' meddai, 'Mi wna i gytuno i hynny. Mi ddechreuwn ni. Yn gyntaf, cwestiwn cyffredinol i reoleiddio'r cwestiynau sy'n dilyn. Dyma fo: Dynas ydach chi?'

'Oer.'

'Diolch. Mi awn rhagom. Ai lime green ydy lliw gwinadd 'ch traed ar ddyddiau Mawrth?'

'Oer.'

'Barbie Doll oedd eich ffugenw yn yr ysgol fach?'

'Oer.'

'Y mae llun ohonoch yn y gêm denis Roe v. Wade?

'Oer.'

'Dyn ydach chi?'

'Oer.'

'A oeddech chi ar ochor Tywysog Tangnefedd yn Rhyfel yr Oen?'

'Oer.'

'Ydy o'n wir dweud i chi beth amser yn ôl roi heibio'r gair coli-fflowyr a defnyddio blodfresych yn hytrach?'

'Oer.'

'Geiria ydach chi?'

'Poeth.'

Ar ôl hynny gwyddai Hona MacShane yn iawn fod y llais wedi diffodd.

Oer.

Tric

Wrth sipian ei choffi plygeiniol ar yn ail â syllu ar y llun ar y wal daeth i feddwl Hona MacShane y bywydau eraill y medrai hi fod wedi eu cael – a'u byw! – ac a oedd rywsut ynddi o hyd yn eu plygion a'u seloffen. Penderfynodd edrych yn iawn ar un ohonynt. Ei Bywyd fel lleian.

'Y Chwaer Gwenffrewi,' clywodd – mae'n rhaid mai hi oedd honno – 'mae'r Tad Tudno am gael eich gweld.' Ar ynganiad yr enw Tad Tudno ymgroesodd y negesydd, y Chwaer Tatiana o Brâg a'r Chwaer Gwenffrewi mewn cytgord â'i gilydd, oherwydd y Tad Tudno, fel y gwyddys, yw un o wŷr mwyaf sanctaidd y Gymru gyfoes.

Wedi cael mynediad i'w ystafell wely arhosodd y Chwaer Gwenffrewi ger y drws, y Tad Tudno yn y pellter yn edrych arni o'i wely, y ddau ohonynt, wrth gwrs, yn aros y gerddoriaeth nefolaidd, sef y miwsig di-eiriau hwnnw – altos a sopranos yn unig – sy'n llawn o ddegau os nad cannoedd 'A!' ac 'Aa!' ac 'AaA!' soniarus, corawl; ond yr oedd y Brawd Babell Higham, y technegydd sain, wedi hepian cysgu yn yr atig, ac felly wedi methu clywed y gloch fach a ganai bob tro yr agorid drws seintwar y Tad Tudno yn arwydd y dylid troi'r sain hudol ymlaen.

'Do's ffwc o otj am y miwsig,' meddai'r Tad Tudno, 'Dowch yn 'ch blaen neu mi fydd y Forwyn a'i Mab yma.'

Ar flaenau ei thraed, ei phen yn isel, oherwydd fod y ffasiwn sancteiddrwydd yn hydreiddio'r ystafell, aeth y Chwaer Gwenffrewi i gyfeiriad y sgriptorium yn y gornel, ymhle yn dal ar agor ar astell ers ei hymweliad ddoe yr oedd y ledger, yr aur yn y llythrennau *National and Provincial Bank, Pwllheli Branch* ar ei gas lledr, pe medrid eu gweld, bron wedi plicio i ffwrdd yn llwyr.

'Lle roeddan ni?' holodd y Tad Tudno hi, 'Darllenwch frawddeg olaf pnawn ddoe i mi.'

A hithau ar fin ufuddhau clywyd y miwsig nefolaidd. Pwysodd y Tad Tudno fotwm yr intercom ar erchwyn ei wely. 'Ti rhy hwyr y bastad meddw,' gwaeddodd i'r teclyn a pheidiodd y gerddoriaeth chwipyn. 'Ymlaen,' meddai wrth ei amanuensis.

'Pan gyrhaeddais dwnnel Pen y Clip yn ddiffygiol wedi'r daith bregethu,' darllenodd y Chwaer Gwenffrewi yr hyn a ysgrifennodd ddoe yn gymen eithriadol â'r gwilsen newydd – cwilsen pluen gŵydd – 'yno yn fy aros yr oedd Fy Arglwydd, dau angel o boptu iddo yn dal arwydd STOP i rwystro'r traffig. Derbyn y stigmata,' meddai Fy Arglwydd wrthyf.' O'i wely cododd y Tad Tudno ei freichiau yn uchel i fyny fel y medrai'r Chwaer Gwenffrewi weld y bandeijis yn gochion o hyd gan waed ffres yn dynn am ei ddwy law; ymgroesodd hithau. 'Ymlaen,' meddai'r Tad Tudno.

Llefarodd ef. Copïodd hithau.

'Mae'n rhaid fod dwy ffrwd amser yn cyd-ddigwydd ar yr un pryd yng ngheg y twnnel. Er fod y traffig wedi stopio mewn ufudd-dod i'r engyl yr oedd ceir yn parhau ar yr un pryd i fynd nôl a blaen ar wib. Aeth lori drwy gorff Fy Arglwydd a'i adael yn hollol ddianaf. Stopiodd car, 'Want a lift, mate?' meddai'r gyrrwr wrthyf drwy'r ffenestr agored. Mae'n rhaid iddo weld yr olwg luddedig arnaf. 'Dyo'n iawn i mi fynd?' meddwn wrth Fy Arglwydd. 'Cer ar bob cyfri. Mi fyddaf gyda thi hyd ddiwedd y byd,' atebodd fi. Wedi i ni fynd ryw filltir neu ddwy, y gyrrwr yn dawedog iawn, sylwais fod y car yn mynd o ochr i ochr a'r gyrrwr bellach yn lladd ei hun yn crio. Wedi i mi holi 'Be' sy'?', ac i dancar petrol Esso ein hosgoi o fodfeddi, dywedodd iddo adael ei wraig o dros ugain mlynedd yn farw yn yr ysbyty. Dywedais wrtho am dynnu i'r ochr ac y byddwn i'n cerdded o'r fan honno ond iddo ef droi'r car rownd a mynd yn ôl i'r ysbyty oherwydd byddai yno yn ei ddisgwyl newyddion da o lawenydd mawr. Dyna ddigon am heddiw,' meddai'r Tad Tudno, 'Mae colli'r holl waed 'ma fel hyn ers blynyddoedd lawer bellach wedi gwanio dyn. A gorfod byta iau amrwd hefo pob pryd yn codi pwys ar rywun. Ewch rŵan.' Ar y coridor pasiodd y Forwyn a'i

Mab y Chwaer Gwenffrewi. 'Dwi'm isho mynd at y cont budur,' meddai'r hogyn wrth ei fam. 'Dwinna ddim chwaith ond fela ma' hi hefo ni'n te.'

Sipiodd Hona MacShane fwy o'i choffi, llugoer braidd bellach, a chraffu ar y llun fwyfwy, bysedd llaw yn un hanner y darlun yn dal ŵy, a blodyn yn tasgu o'r craciau yn y plisgyn, a'r hyn sy'n ymdebygu i law arall yn yr hanner arall yn gwneud yr un peth fel petai'r naill law yn adlewyrchu'r llall ond mai nid llaw ydyw o edrych yn bwyllog a chraff ond Narsisws wedi syrthio mewn cariad difrifol â'i adlewyrch yn nŵr llonydd fel drych y llyn. Yr oedd Hona wrth ei bodd hefo'r tric.

Y Stripyr

Yn y cyfnod byr hwnnw pan oedd Hona MacShane yn ddreifar i Leonard Ogilvy, y stripyr – a chlywaf rŵan y cwestiwn: Sut ar wyneb y ddaear y daeth Hona MacShane yn ddreifar i neb heb sôn am Leonard Ogilvy? – un pnawn Mercher, 'Ti'n gweld,' meddai wrthi, 'ar y diwadd mi fydda i'n chwifio'r hen joni-wili a chanu Jysd Wan Corn-Eto, a mi fyddan wrth 'u bodda'.' 'Dwi'n gweld,' ebe Hona'n troi i'r chwith a pharcio o flaen Neuadd Goffa Elfed Parkin, Leonard Ogilvy yn y sêt gefn – Hona fynnodd hynny? Ynteu hunan-bwysigrwydd Ogilvy oedd yn gyfrifol? – wedi gwisgo amdano heddiw fel gondylîyr; dduw mawr o'r nef, meddai Hona wrthi ei hun yn edrych arno yn y gwydr, yn cofio'n iawn mai Chief Sitting Bull oedd o y tro diwethaf. Nid oedd ei 'Gwynfor Evans' wedi mynd i lawr yn rhy dda o gwbl y tro cyn hynny.

'Faint fyddwch chi?' holodd Hona ef.

'Gwragedd ffarmwrs? Mm. Hefo'r warm-yp rhyw awran.'

'Mi a'i am banad i rwla.'

Dwnim pwy welodd pwy gyntaf pan gerddodd hi i mewn i gaffi *Niwc a Sei*: Hona MacShane welodd Wyatt Marshall, ynteu Wyatt Marshall welodd Hona MacShane?

Am Wyatt Marshall dyma'r ffeithiau. Ond i'n perwyl ni heddiw mae un ffaith yn ddigonol. Hona MacShane a Wyatt Marshall pan oedden nhw'n blant – hi'n wyth, ef yn naw – gafodd hyd i fam Wyatt yn hongian uwchben y grisiau, y rhaff yn ymwthio o'r to drwy'r trapdôr agored yn y nenfwd, wedi ei gwisgo yn ei dillad gorau.

'Paid â deud wrtha i dy fod ti'n rhedag tacsi?' ebe Wyatt wrthi.

Ond cyn iddi fedru ei ateb yr oedd y wraig yn y bwrdd wrth ei hymyl wedi taflyd ag un llaw gwpanaid o de i wyneb y dyn o'i blaen ac arllwys cynnwys y bowlen siwgwr lwmps am ei ben â'r llaw arall.

'Be' nei di de?' atebodd Hona ef o'r diwedd.

'Ti'n cofio ni'n ca'l hyd i Mam?' meddai Wyatt yn holi ei gwestiwn hynafol bob tro y gwelai ef hi.

'Yndw,' ebe hi yn dewis bwrdd digon pell oddi wrtho, ac wrth ymyl y ffenest fel y medrai weld Leonard Ogilvy pan ddeuai allan. 'Coffi drwy lefrith,' meddai wrth yr hogan wrth fynd heibio'r cownter. Yr oedd un tamaid o Fictoria sbynj ar ei hochr ar ôl ar blât mawr dan gromen blastig, sylwodd.

Y Lifft

Aeth Hona MacShane i mewn i'r lifft. Pwysodd rif llawr tri. Ac fel sy'n digwydd mewn lifft nid yw'r drysau'n cau ar eu hunion, y mae oedi a eill deimlo fel tragwyddoldeb ambell waith.

A'r drysau ar fin cau, o rywle daeth dyn i mewn i'r lifft. Symudodd Hona fymryn i'r ochr i wneud lle iddo oblegid yr oedd yn ddyn cydnerth. Oherwydd iddo gyffwrdd y drysau a hwythau ar fin cau fe agorasant eto led y pen a digwyddodd yr aros hir – teimlai'n hir iawn y tro yma i Hona – cyn iddynt gau drachefn.

Teimlai Hona bethau annymunol iawn tuag at y dyn tew hwn a difarodd symud i wneud lle iddo. Gallai arogli ei bersawr anghynnil ôl-siafio. Gallai weld hefyd ei fod wedi methu ychydig o flewiach o dan ei ên fel y mae rhywun weithiau'n methu pishyn o welltglas hefo peiriant lladd gwair – mae'r peth yn annifyr amlwg. Tybed oedd ceseiliau hwn yn chwysu y funud hon, ceseiliau ei grys wedyn yn melynu'n hyll? Yr oedd ei goler yn dynn am ei wddf; y cnawd yn fargod ar hyd y defnydd oedd yn breuo... fel y mae rhisgl pren yn cau am lein ddillad. Gwyddai Hona mai dynes fechan oedd ei wraig. Gwrandawodd ar ei anadlu rheolaidd ond trwm.

Caeodd y drysau. Y mae amser mewn lifft yn beth rhyfedd iawn. Gwyddoch eich bod yn symud – drwy eiliadau'n unig, eiliadau cyflym a chitha'n newid a mynd yn hŷn, ond ran amlaf nid yw'n teimlo felly – ond mae rhywbeth disymud yn y symud, yn enwedig yn y liffts diweddar, modern, gloywon fel hwn.

Wedyn ping. Rhif 3 yn goleuo. Y drysau fel rhwbio dau damaid o felfed hefo'i gilydd yn agor.

Camodd Hona allan i'r coridor gwag gan sylwi ar y llythrennau M.H. mewn aur oedd yn plicio ar gaead briffces y dyn.

Sylweddolodd nad oedd wedi ei weld ef yn pwyso unrhyw un o'r rhifau.

Clywodd y drysau'n cau yn gynt nag a ddisgwyliai. Fel sŵn awel drwy wair, meddyliodd.

Y coridor hir – edrychodd i'r chwith ac i'r dde – yn gyfangwbl wag, yn gyfangwbl ddi-ddiwedd.

Croesodd ei meddwl.

Ond gwyddai ei bod wedi cyrraedd.

Peth fel hyn oedd o felly.

AMRYWIOL

Mae'r ffôn yn canu choelia'i fyth

Mi aethon ni'n dau i'w cyfarfod nhw. Helen fynnodd hynny. 'Lot mwy croesawgar,' oedd ei hymresymiad, neu ei hesgus.

Pan gwelis i hi'n dŵad allan o'r car mi glywais y ffôn yn canu. 'Mae'r ffôn yn canu choelia'i fyth,' meddwn i. 'Nac'dyo ddim,' meddai Helen yn cydiad yn 'n llaw i.

'Dach chi fel dau gariad,' meddai Rhys yn dŵad o ochor y dreifar, rownd y bonet i nôl... be' ydy ei henw hi? 'Ti meddwl?' meddai Helen i'w gyfeiriad o, gan godi ar yr un pryd ein dwy law oedd yn sownd yn ei gilydd fel petaen ni wedi ein handcyffio. 'Dyma...,' meddai Rhys. 'Marian,' ebe hi, oedd wrth ei ochor erbyn rŵan a'r ddau 'n blaenau ni, 'Mâr i ffrindiau. Felly Mâr i chi. Dwi'n siŵr mai chi 'dy Helen!' meddai wrthyf fi a rhoi'r tusw o flodau i mi, 'A chi 'dy Eben,' meddai wrth Helen, 'Felly'r malt i chi.' Ar y grafal yn fan'no o flaen y tŷ a hithau'n dechra nosi, Rhys yn gwyro tuag at Helen i roi cusan iddi, a minnau wedyn yn darllen hynny fel hawl i roi cusan i Mâr, ei phen fymryn i'r ochor rhag ofn nad oeddwn i wedi sylweddoli mai sws boch oedd hon i fod. Yr oedd Rhys a Helen yn edrych arnom.

'Dim byd ond Martini i Helen bob tro,' meddwn i'n trefnu'r diodydd croeso i ni gyd yn y lownj, 'Mae gin i awydd trio'r malt 'ma. A diolch mawr amdano ar yr un pryd. Trît. Rhys? Am ymuno hefo fi? Perrier, Mâr?'

'Ma raid fod gin i wynab dwi-fyth-yn-twtjad-alcohol arna i,' meddai Mâr.

A dwi'n ymddiheuro. Siarad ar fy nghyfer. Cymryd yn ganiataol mai hi fyddai'n gyrru adra. A fo'n cael yfed. Hollol secsist.

'Dach chi'm yn 'i dwtjad o?' mae Helen yn ei holi'n gyfeillgar.

'Rioed 'di licio'i flas o.'

Dan ni'n clecian gwydrau.

'Ogla hyfryd yn dŵad o'r gegin 'na,' meddai Mâr gan godi ei haeliau.

'Waeth i ni fynd i ista rownd y bwr' ddim,' ebe Helen, 'Ma bob dim yn barod. Dowch â'ch diodydd hefo chi.'

Wrth y bwrdd, meddai Helen: 'Mi oeddwn i'n meddwl y baswn i'n 'n c'mysgu ni. Chdi a fi'n fama, Rhys. Ac Eben a Mâr yn fan'na o'n blaena ni. Dach chi'n ocê hefo hynny?'

'Ma'r cig oen 'na'n edrach mor frau ac yn binc fel maen nhw'n deud y dyla fo fod,' meddai Mâr, 'Ond y tamad ll'ia i mi.'

Drachtiodd Rhys y dafnau olaf o'r malt yn ei wydr.

'O! Mâr,' meddai Helen, 'Dwi'n hen jolpan wirion. Ddylsa mod i 'di holi. A pham 'sa titha 'di deud, Rhys, pan oeddan ni'n trefnu?'

'Gwrandwch,' ebe Mâr, 'Llysieuwraig yn fy nhŷ fy hun ydw i. Os dwi'n cael gwahoddiad i dŷ pobol erill yna bwyd pobol erill fydda i'n 'i futa. A hynny'n ddiolchgar.'

'Mi ges di ffês fejiterian dro'n ôl 'ndo, Eben? Ond ddaru o ddim para'n hir yn naddo?'

Dwi'n cytuno hefo hynny. Ac yn esbonio'r gwinoedd sydd ar gael. Dau fath. Mae Mâr yn codi ei gwydr Perrier ac yn wincio.

Adeg y pwdin, mae Rhys yn curo'n ysgafn grwst y crème brûlée â'i lwy. 'Perffeithrwydd,' mae o'n 'i ddeud.

Mae Mâr yn codi hefo 'Esgusodwch fi am funud.'

A hitha'n geg drws yr ystafell fwyta ar fin mynd allan mae Helen yn deud: 'Ail ddrws ar y chwith. Dop grisia.'

Does neb isho coffi. Rhy hwyr. Ond nid rhy hwyr i'r malt. Nac i'r Martini. A mae sŵn potel newydd o Perrier yn agor fel sŵn ochenaid o ryddhad.

Dan ni'n dau ar y grafal yn chwifio'n d'ylo o hyd i gyfeiriad y car sy'n mynd drwy'r adwy, ei indicatyr yn wincio, wincio.

Paham?

Yn y siop gig yr oeddwn i flynyddoedd maith yn ôl, ac wrth i Ifan Preis y bwtjar godi'r ham ar gyfer ei dorri – roeddwn wedi gofyn am ddwy sleisen – gwelais yn yr ham wyneb Mam; y braster gwyn fel ei gwallt; rhyw ddarn o gïau fel ceg; yr oedd gên ac yr oedd dwy lygaid yng ngwneuthuriad y cig. Ar ôl hynny ceisiais fod yn llysieuwraig am gyfnod; ymunais â CND a darbwyllo fy hun mai heddychwraig oeddwn; gwrthodais fynd i'r Amerig ar wyliau ddwywaith, er dyheu i gael gweld y Grand Canyon; euthum i Rwsia ddwywaith, a gwelais Lenin cwyrog yr olwg unwaith yn ei mosylîym; magais atgasedd oes tuag at y Torïaid. Rwyf hyd y dydd heddiw yn dal i bleidleisio'n wasaidd ddi-feddwl i'r Blaid. Rwy'n parhau i reidio fy meic.

Calon Lân

Ond fel y dywedais i, syniad Teddy Corrington oedd torri mewn i weithdy Seilam Huws, yr yndyrtecyr.

'Mae'r Teddy Corrington 'na'n ddylanwad drwg ar yr hogyn 'ma,' clywais fy nhad yn ei ddweud wrth Mam; Mam a atebodd drwy ddweud: 'Ma plant i fod i neud dryga.'

Fy syniad i oedd dwyn o siop PritchardBachSiop. *Milky Bar* yr un.

Meddyliais yn ddiniwed fod torri mewn yn golygu malu ffenestr.

Ond yr oedd Teddy wedi gweld Seilam Huws yn rhoi goriad ei weithdy o dan garreg a oedd ar lawr rhwng y drws a'r postyn. Yr oeddwn i'n siomedig nad oedd cyfle i falu ffenestr. Nid oedd agor y drws â goriad yn teimlo rywsut fel torri mewn go iawn.

A mwy na hynny, roedd hi'n noson o haf ac felly'n olau o hyd. Nid oedd angen torj. Roeddwn i wedi meddwl hefyd fod torri mewn a torj yn gyfystyr. A dyna siomiant arall. Roedd pob dim tu mewn yn hollol weladwy.

Buan iawn y daeth hi'n dro i Teddy Corrington deimlo siomiant. Nid oedd neb wedi marw yn y gweithdy. Eisiau gweld rhywun wedi marw oedd ei gymhelliad o wrth dorri mewn.

'They is zoo-post to be coolder than ice, me mum says,' meddai'r Teddy siomedig, 'There's nun of em here. Am goin home. You cwmin?'

Petawn yn gwybod bryd hynny y byddai i mi aros a gadael iddo ef fynd yn newid gweddill fy mywyd, a fyddwn wedi dewis yn wahanol? Ond nid ar y pryd y mae dewis yn bodoli; rhywbeth diweddarach yn y meddwl ydyw wrth edrych am yn ôl. Agwedd yw dewis, nid gweithred.

Yno roeddwn ar fy mhen fy hun ymhlith eirch gweigion, cyfan ac un ar ei hanner, dau glamp mawr coch wedi eu sgriwio'n dynn bob pen i'w dal wrth ei gilydd. Gwyddwn mai ar gyfer Leonard J. Parry yr oedd hon.

Ond arch ydy arch wedi'r cyfan. Y poteli ar y shilff oedd y peth. Be' oedd yn yr holl boteli? Ac i be'?

Ond nid y poteli chwaith a aeth â'm bryd. Ond jar yn eu plith. Un jar. Jar a gynhwysai mewn hylif, galon, a honno'n parhau i guro. Rhoddais gledr fy llaw ar y gwydr a theimlais y curiadau. Gwyddwn mai calon gwraig oedd hi. Yr oedd hi'n fy ngwahodd. Caeais fy llygaid ac fe'i gwelais. Gwyddwn mai dau ddeg naw oedd ei hoedran.

O'r awr honno gwyddwn hefyd mai anwahanadwy fyddem.

Daeth ambell i beth i darfu ar ein perthynas. Y gwaethaf, mae'n debyg, oedd yr adeg y bu i mi ddarbwyllo fy hun fy mod mewn cariad â Gwenith Marie. Gwenith Marie ap Tomos i roddi iddi ei henw llawn. Rhoddais y jar a'i chynnwys i gadw yng ngwaelod yr eiring cypyrd wedi ei gorchuddio â hen dywel lan môr *Life's a Beach*.

Bore fy mhriodas teimlais y gwahoddiad a deimlais flynyddoedd ynghynt yng ngweithdy Seilam Huws. Wedi i mi ddyfod â'r jar eto i'r fei o'i chuddfan anghynnes ni chymerodd fawr o dro i'r galon ddechrau curo'n heini eto pan roddais eto gledr fy llaw ar y gwydr; y galon grebachlyd fel cneuen Ffrengig, bellach yn ieuanc eto, a gwyddwn fy mod innau wedi derbyn maddeuant. Am beth amser, hyd y dydd heddiw yng ngolwg rhai, ysgymunbeth wyf fi am beidio troi fyny i'r capel fore priodas Gwenith Marie ap Tomos. Hughes-Parry yw hi heddiw. Yn fam i dri o blant a hefyd yn nain. Mae pob dim yn mendio yn y diwedd.

Weithiau byddwn – os byddai'n ddiwrnod braf – yn rhoi'r galon yn ofalus mewn bag lledr. Arferem eistedd ein dau ar y sedd ar y prom yn gwatjad y byd yn mynd heibio. Peidiodd hyn pan ddaeth y ci hwnnw a chyfarth ar y bag.

Drannoeth fy mhen blwydd yn chwe deg pum mlwydd oed canodd cloch y drws ffrynt. Yr oeddwn wedi fy synnu ei bod yn dal i weithio.

Wedi i mi benderfynu agor y drws, 'This is the fellow I've been telling you aboot for years on end,' clywais.

Gwyddwn mai Teddy Corrington wedi heneiddio oedd hwn o fy mlaen, ac yn amlwg ei ferch a'i fab hefo fo. Ei fab yn dal y gadair olwyn yn yr hon yr eisteddai Teddy Corrington.

Nis gwahoddais i mewn. Wedi mân siarad, fel bydd rhywun, ymadawsant.

Crisialu

Yn ôl Mam, a hi ddylai wybod, yn y labordy cemeg y'm cenhedlwyd i. Rhywun o'r enw Waeth T. Befo oedd enw fy nhad. Yr oedd hi y pnawn hwnnw newydd sefyll ei harholiad Lefel 'A' Cemeg, y papurau wedi eu casglu, a'u hamlennu, a'u danfon i ystafell y prifathro – Mam sy'n deud hyn – a hithau a'r Mustr Befo yn loetran ar ôl i bawb arall fynd. Loetran, y gair ddefnyddiodd Mam.

> a golchi meiau gyd
> yn afon Calfari

Cemistri set oedd anrheg y Nadolig hwnnw. Fel hyn yli, meddai hi, yn clymu edau'n gelfydd o gwmpas un tamaid bychan o risial copr sylffet, weindio pen arall yr edau o gwmpas pensil a gollwng y grisial ar ei edau yn ofalus i'r hylif glas o gopr sylffet tawdd, gorffwyso'r bensil yn ysgafn ar ymyl y bicyr. A mi gei weld rhyfeddod mewn 'chydig o ddyddia, meddai hi. Mam oedd wedi benthyg y bicyr – ei gair hi – o'r labordy cemeg yn yr ysgol lle roedd hi rŵan yn athrawes. Fe'm ganed i yn nhymor olaf ei blwyddyn gyntaf yn y brifysgol. Dychwelodd Mam i'r coleg a chwblhau ei gradd.

> Cysura'r teulu bach yn ei galar O! Iesu da

Crisialu ydy'r enw, meddai Mam wrth godi'r bensil a'r eda o'r hylif ymhen yr wythnos. Drycha! A mae'r grisial a oedd gynt yn fychan rŵan yn llawer mwy. Fi ydy'r teulu bach.

> Canys y mae rhagor rhwng seren a seren mewn gogoniant.

Ar gledr ei llaw mae'r crisial glas, 'maint dwrn babi, yldi'. A dwinna'n ei gyffwrdd o â blaen fy mys: ei oerni, ei lesni, ei wlypter. Dal dy law. Ein dwy law yn cyffwrdd. Dal dy law yn llonydd. Ei llaw hi'n gwyro fymryn i mewn i fy llaw i gan adael i'r grisial lithro rhyngom o gledr i gledr. Cemeg!, meddai hi. Wrth edrych ar ei harch gwn mai crefydd copr sylffet yw fy nghrefydd i. Gwyrth crisialu a duw sy'n gyfan gwbl las. A rhywbeth enfawr yn pasio o law i law.

a chymdeithas yr Ysbryd Glân. Amen.

Y tu allan i'r amlosgfa mae 'na ddyn yn loetran ymysg y ceir. Mi wn yn iawn ei fod o eisiau dŵad ata i. Ond ddaw o ddim. Mae o yn troi, cael hyd i'w wraig a'r ddau'n gadael. Mae'r glesni'n cydio pawb a phopeth wrth ei gilydd.

King Comma

Hyn oedd yr egwyddor sylfaenol i bob gweinydd a weithiai yn nhai bwyta *King Comma*: yr amod wrth gario'r bwyd i'r byrddau y byddent yn oedi'n aml – dim rhuthro! – er mwyn dynwared comas mewn brawddegau, a rheiny'n frawddegau cwmpasog, aml-gymalog, Ellis Wynaidd, ac felly yr oedd ymdroelli hudol yn digwydd o gwmpas y clientél. Yn wir, ar gyfer gweld hyn yn digwydd y deuai cwsmeriaid, yn enwedig y rhai mwyaf llenyddol eu tuedd; nid oeddynt yn malio fawr am y bwyd – byrgyr wedi'r cyfan yw byrgyr, tjips yw tjips. Y mae gweld gweinydd yn cychwyn ar ei daith drofaus llawn seibiau o'r gegin i'r bwrdd yn brofiad cyfareddol. Un o'r goreuon yw Monroe Evans, sydd wedi ennill Gwobr Coma'r Flwyddyn am y bumed gwaith yn olynol; a phan glywir si fod Monroe heno'n gweini yn y fan-a'r-fan bydd y ciw'n ffurfio o leiaf ddwyawr cyn yr amser agor. Yn fwriadol ni ellir bwcio bwrdd rhag blaen.

Ormoleau MacAlister yw sylfaenydd *King Comma*. Ar un cyfnod nofelydd ydoedd a adwaenid gan feirniaid fel 'ffanatig y coma'. Nid oedd ei nofel olaf am ei mil o dudalennau yn cynnwys dim ond comas. Yn ei dyb ef, ni fu digon o barch i'r coma erioed oherwydd y coma sy'n rhoi ystyr, mewn gwirionedd, i eiriau. Mewn cyfweliad diweddar haerodd mai nofelau byw yw ei dai bwyta *King Comma*. Nid cadwyn ond cyfres fel nofelau Pallister, Trollope, y gymhariaeth a ddefnyddiodd ef. Dywedodd hefyd nad oedd erioed wedi cyflogi gweinyddion; cyd-awduron oeddynt bob un.

Yr Het

Pan ddaeth Goronwy Evan Palmer i lawr y grisiau y bore hwnnw am hanner awr wedi chwech, ei amser arferol i ddyfod i lawr y grisiau, yno ar fwrdd y gegin yr oedd het. Gwyddai Mr Palmer nad oedd hi yno y noson cynt cyn iddo, yn ei ymadrodd ef, fynd i glwydo. Ni chynhyrfodd fawr, oherwydd yr oedd pethau fel hyn yn digwydd iddo o dro i dro. Cofiodd y bore hwnnw pan agorodd y llenni'n blygeiniol a gweld ceffyl yn edrych arno o'r ardd islaw. A'r llythyrau rheiny, hynny hefyd. Wrth fwyta ei Special K edrychodd o bryd i bryd i gyfeiriad yr het. Roedd rhyw frith gof ohoni ym mhellafion ei ymennydd, meddyliodd. Fel y tybiodd y troeon eraill hynny ei fod yn adnabod llawysgrifen y llythyrau. Ond nid yr het fel y cyfryw ychwaith, ond y pen a wisgai'r het; a'r wyneb, wrth gwrs. Arllwysodd fwy o'r Special K iddo'i hun o'r bocs. A mwy o'r llefrith UHT. Chwislodd y tegell ar y stof. Cododd yntau a thywalltodd y dŵr berwedig ar y bag te yr oedd eisioes wedi ei roi yn ei fwg Everton F.C. Dyn te tramp ydoedd a byddai felly'n gadael y bag yn y mwg. Rhoddodd smotyn o lefrith yn y te i newid ei liw o, a thair llwyaid o siwgwr. Wrth edrych drwy'r ffenestr, y mwg o de yn ei law, gwelodd yr het yn mynd heibio. Neu o leiaf meddyliodd iddo ei gweld yn mynd heibio. Nid oedd ar y bwrdd beth bynnag.

Roedd hi'n ddydd Mercher. Rhoddodd groes yn erbyn y dydd Mercher penodol hwn ar y calendar Evans' Oils Ltd. Er mawr syndod iddo yr oedd y mis bron wedi diflannu. Gallai weld yr holl groesau yn erbyn y dyddiau blaenorol. Dydd siop gig a siop fara oedd pob dydd Mercher. Gwnaeth ei restr.

Wrth iddo groesi'r trothwy i'r siop gig, meddai Ifan Preis y cigydd wrtho: 'Dyma fo'r dyn wedi dŵad i nôl ei het.'

'Pa het? Dwi ddim yn ddyn het,' ebe Goronwy.

'Hon,' meddai Ifan Preis yn codi het o dan y cownter, ei dal yn uchel, a'i throi rownd gerfydd ei chantel â'i fys a'i fawd.

'Nid y fi,' ebe Goronwy, 'Rhywun arall.'

'Yr iwsiwal?' holodd Ifan ef yn rhoi'r het yn ôl o dan y cownter.

'Yr iwsiwal,' atebodd Goronwy.

Yn y siop fara wrth iddo ddod i mewn craffodd Leusa Meri yn daer arno fel petai hi'n tybio ei fod yn gwisgo het am ei ben.

'Ar be' ti'n sbio?' meddai Goronwy wrthi yn ddigon siort.

'Meddwl fod 'na rwbath ar goll an'ti dwi. Fel 'tae chdi ddim yn chdi dy hun rwsud.'

'Dwi ôl ddêr paid ti â phoeni, a ty'd a Hovis i mi a'r ddwy gacan arferol.'

Yn ei wely y noson honno a'r diwrnod yn teimlo fel diwrnod o golledion – collodd oriadau ei dŷ am ryw awran cyn cael hyd iddynt, collodd Wil Post am sgwrs, collodd niws un, collodd y gwniadur.

Mewn breuddwyd gwelodd Aneirin, Ty'n Rhos yn arwain o'r ardd y ceffyl oedd wedi dianc.

Ar y gobennydd wrth ei ochr yr oedd yr het yn gwbl effro.

Yr Ymwelydd

Cofiaf o hyd y diwrnod hwnnw, er cofiwch fod y manion wedi pylu bellach, ac fel y gŵyr pawb, y manion sy'n cyfrif, yn y manion y mae'r eglurder bob amser. Ta waeth a modd bynnag, Jini Myfanwy yn dŵad yn ôl o'r siop bwtjar ddywedodd wrth Mam, a minnau yn gorfod dal llaw Mam oherwydd mod i wedi bod yn hogyn drwg eto: 'Glywsoch chi fod duw yn rŵm ffrynt Barnard? Wir dduw i chi. A fynta drws nesa i mi, fedrai'm mynd i mewn i nhŷ'n hun oherwydd y ciw tu allan.' Dwi'n meddwl i Mam a fi fynd yno i sbecian. Yr oedd rhyw fath o giw os cofiaf yn iawn. O leiaf mintai o bobl yn dal lluniau 'o'u hanwyliaid ymadawedig', yn ôl Mam, yn eu dwylo ac am eu dangos i'r goruchaf yn y parlwr, a medru holi'r cwestiynau: Lle maen nhw? Ydyn nhw wedi newid llawer? Mam hefyd dwi meddwl ddywedodd fod Bodfan yr Anffyddiwr yno ar flaen y ciw hefo'i gwestiynau di-rifedi mewn briffces. Sut y daeth duw i dŷ Barnard 'Emyr' Havesp ni chawsom erioed wybod. Yn ôl Jini Myfanwy oedd ar ei ffordd i'r siop gig y diwrnod wedyn i nôl y soseijis Jalipino – 'sy'n uffernol o neis. Dach chi di ca'l rhei?' – ac a'i gwelodd drwy'r cyrtans lês yn gadael, roedd o'n debyg ar y diawl i fanc manijyr ers talwm wedi riteirio,' – duw hynny ydy.

Tjecowt

'Uts a lwfli de eint ut,' medda'r dyn wrth y tjecowt, 'A lwfli de. Eint ut grand? Wi cant grwmbl naw can wi? Cant grwmbl at ôl. No wi cant. Ar iw o rait widd io pacing? No wi cant grwmbl at ôl.'

Gwyddai Rhonabwy Highton mai polisi cwmni Pepco oedd y mân siarad lloerig hwn er mwyn... wel, er mwyn be'?... ceisio dynwared, mewn byd o ddynwaredau, perchennog yr hen siop gornel oedd yn nabod pawb a hwythau hithau, ac felly roedd y sgwrs yn naturiol rhyngddynt. Ac yn ddi-feth yn Gymraeg. Bu bron i Rhonabwy ofyn iddo a gâi o dalu 'rwsos nesa gan ei bod hi'n go dynn arno 'rwsos yma? Ond nid oedd dynwarediad Pepco wedi mynd mor bell â hynny.

'Nefyr traid wan of ddem things. Wat dw iw dw wudd ut? Slais ut and boil ut?'

Sylweddolodd Rhonabwy ei fod o wedi anghofio cariyr bags, ac felly gorfu iddo ofyn am un. Edrychodd ar ei neges yn dynesu tuag ato. Ping. Menyn. Ping. Coffi. Ping. Bananas. Ping. Tanjarîns. Ping. Yr obershin a oedd yn destun chwilfrydedd y dyn. Ping. Yr oedd o'n methu agor y cariyr bag a'r neges yn lluwchio.

'Gif it a lutl rwb bitwin both ands. Ddats ddy wei. Ddats ut. Iw dud sei iw wer ôl rait wudd io pacing. Biffor long wil bi seiing wi nid rein ffor ddy gadyns. Byt uts a lyfli dei tw dei. Grand ut is. Grand.'

Edrychodd Rhonabwy ar ddau, dyn a dynes, het Mecsican am ben y dyn, basged wag yr un ganddynt, yn cerdded i lawr y llwybr, y poteli gwin, cwrw a gwirodydd o boptu iddynt, a'r ddau yn noethlymun.

Rowliodd afocado i'w gyfeiriad a daliodd hi. Rowliodd dwy lemon ar ei hôl. Medrodd ddal un. Rowliodd y llall o dan y bags ffor laiff. Chwilotodd Rhonabwy amdani. Cafodd hyd iddi. Daeth o hyd i baced o Haribos hefyd.

Rhoddodd y lemon a'r Haribos yn ei fag.
'Af iw got io clwb card?
Yr oedd yn ei law yn barod.
'Peiing bai card? Entyr io pin wen io redi.'
Pwysodd Rhonabwy rifau blwyddyn ei enedigaeth.
Cyrliodd y risît o'r peiriant.
Rhoddodd y dyn y daleb i Rhonabwy.
'Ai berid mi waif iesdydei. Af a nais dei.'

Glân Briodas

Heddiw oedd dydd priodas Carrington Murphy a Sylvester Tom. Nid oedd neb bellach yn gweld dim byd yn od yn hyn. Yr oedd y ddau wedi bod yn gwmpeini i'w gilydd ers bron iawn i bymtheng mlynedd. Yn wir, nhw bellach oedd unig gwmpeini ei gilydd. Beth oedd yna felly i nadu crisialu'r berthynas yn y ddefod o briodi? Yr oedd o hyd ambell i wrthwynebiad egwan, megis Ceinwen Preis wrth Lydia Maughan: 'Ond does 'na fawr o Gymraeg rhyngthyn nhw.' Gwrthwynebiad na fu'n hir ei barhad pan edliwiodd Lydia Maughan i Ceinwen Preis nad oedd yna fawr o Gymraeg yn ei phriodas hi, Ceinwen Preis a Deifi Meical ychwaith. Mewn un gornel dywyll dywedwyd dan y llais, 'fod y peth yn annaturiol'. Yr oedd y gair 'annaturiol' wedi ei ddefnyddio sawl tro o'r blaen am arferion sydd bellach yn cael eu cymryd yn ganiataol gan bron bawb. Y mae dewrder yn perthyn i 'dro cyntaf' pob dim. Nid oedd teulu Sylvester Tom, hyd y gwyddys, wedi ffieiddio ei uniad â Carrington Murphy, homo sapien. Yr oedd y ddau wedi bod yn driw i'w gilydd ar hyd y blynyddoedd, yn ffyddlon ac yn ofalus o'i gilydd. Pan edrychai Carrington Murphy ar Sylvester Tom, nid epa a welai ond cymar oes.

Bucheddau

Yn ôl ei arfer ar ôl hel neges arferol y boreau Mawrth cerddodd Rhigyfarch Smith i'r gegin, ei wraig heddiw a'i chefn ato'n troi rhywbeth – gallai weld ei llaw a'r llwy bren yn diflannu a dyfod i'r fei bob yn hyn a hyn – mewn sosban ar y stof. 'Fuost ti ddim dau chwinciad heddiw,' meddai wrtho. Ac o'i llais gwyddai Rhigyfarch Smith nad hon oedd ei wraig. 'Berwi llefrith ydw i ar gyfer'n coffi un ar ddeg ni a gwatjad nad oes yna groen yn hel.' A throdd rownd – yn bendant nid oedd Rhigyfarch wedi gweld yr wyneb hwn o'r blaen – a gwenu arno. Gwenodd yntau'n ôl. Nid oedd yn cofio iddynt wenu ar ei gilydd amser coffi erioed. Canodd y gloch drws ffrynt. 'Dyma hi,' meddai Rhigyfarch, 'y moment of trwth.' Oherwydd gwyddai pwy oedd yna. 'Fydda ti, cariad, yn mynd i agor y drws?' meddai wrthi, 'a mi dywallta i'r llefrith ar ben y coffi.' 'Wrth gwrs, cariad,' ebe hi, gan wneud yn fawr o'r 'cariad' oherwydd nid oedd yr un o'r ddau wedi defnyddio'r gair am ei gilydd ers duw a ŵyr pryd.

Fel y gwyddai yn barod mai ef a fyddai yno, clywodd lais Dewi Wyn wedi iddi agor y drws. A chlywed y ddau wedyn yn dyfod ar hyd y paseij i'r gegin. Edrychodd Rhigyfarch rŵan am y braw a'r dychryn a fyddai ar wyneb Dewi Wyn pan ddeuai i'r amlwg. 'Deud wrth Non o'n i,' ebe Dewi Wyn yn camu i'r gegin, a'r cylchgrawn Railway Modeler's World y byddai'n ei roi unwaith y mis i Rhigyfarch yn rholyn yn ei law, 'mod i wedi fy synnu fel 'ron i'n deud wrtha ti gynna fel mae pris ffish wedi codi. Oes 'na lai ohonyn nhw yn y môr dwch?'

'Ond...' cychwynnodd Rhigyfarch, ei fys yn yr aer yn rhyw how-bwyntio at Non.

Yn amlwg, i Dewi Wyn, Non oedd Non.

Doedd bosib, meddai Rhigyfarch wrtho'i hun, nad oedd Dewi Wyn wedi sylwi fod Non ddu ei gwallt, ac yn britho tua'r *roots* – ei gair hi – yn blondan heddiw?

'Dwisho torri ngwallt, choelia i fyth,' ebe Rhigyfarch yn uchel, i brocio dipyn ar y Dewi Wyn cibddall hwn gan roddi pwyslais ar y gair gwallt.

Edrychodd Non a Dewi Wyn i'w gyfeiriad, edrych ar ei gilydd wedyn, yn union fel petai o wedi dweud, 'Dwi am biciad i'r lleuad os dach chi'ch dau ddim yn meindio.'

'Wel, dwi am 'i ga'l o ta be'?' meddai Dewi Wyn wrtho.

'Wrth gwrs, wrth gwrs,' ebe Rhigyfarch yn codi o'r hunllef oedd yn amlwg yn dechrau ei amgylchynu, ac aeth i nôl *The Model Railway Enthusiast*, y byddai'n fisol yn ei ffeirio am gylchgrawn Dewi Wyn. Hwyrach mai dyna pryd y sylweddolodd Rhigyfarch nad ei throwsus arferol yr oedd Non yn ei wisgo ond ffrog, a bod hem y ffrog yn gorwedd yr ychydig lleiaf uwchben ei phen-glin. Syllodd ar ei phengliniau.

'O!' meddai Non, yn tynnu'r neges o'r bag, a Dewi Wyn yn amlwg wedi mynd hefo'i fagasîn – welodd o Dewi Wyn yn rhoi sws i Non gynnau? – 'Mi rwyt ti wedi dŵad â siwin i ni yn lle'r hen hadog felen hallt arferol 'na.' Cofiodd yntau feddwl ar y pryd yn y siop bysgod iddo dalu llawer gormod heddiw am hadog felen, ac iddo ddweud ar y pafin wrth Dewi Wyn fod pris pysgod wedi codi'n arw, ac a oedd yna dybed lai ohonyn nhw mewn afonydd ac yn y môr? Ac i Dewi Wyn chwerthin a dweud y byddai'n galw acw toc hefo'r cylchgrawn.

'A mi rwyt ti wedi dŵad â hon?' ebe Non yn tynnu potel o win gwyn o'r bag neges, ei dwrn yn gadarn am y gwddw. Rhoddodd y botel yn erbyn ei boch.

'Do,' meddai Rhigyfarch yn dawel ac mewn anghrediniaeth.

'Be' arall tybed sydd yn fama?' a'i llaw yn araf lithro i mewn i'r bag a wincio arno ar yr un pryd.

'Be' ydy hwn?' meddai yn tynnu'r bag o samffir allan, a'i ysgwyd y mymryn lleiaf, bysedd ei llaw arall yn gwasgu'n ysgafn chwydd y bag, 'Mi fydd yma swper amheuthun ar 'n cyfer ni'n dau heno.'

Yn raddol y sylweddolodd Rhigyfarch nad oedd yr un cerpyn amdano. A'i fod wedi mynd allan y bore hwnnw fel hyn, yn noethlymun.

Ysbrydoliaeth (1)

Fel O.M. Edwards (y Syr) ar ei drafaels, cynigwyd i mi gwpanaid o ddŵr gan wraig y fferm. Gwraig radlon braf, bochgoch. Fel O.M. eto, hon oedd y gwpanaid dŵr orau i mi ei chael erioed. Neu fel yna y meddyliais ar ôl ei drachtio'n gyfan gwbl.

Nid oeddwn wedi myned yn or-bell ar hyd llwybr y mynydd, medrwn weld gwraig y fferm o hyd, a'i gŵr erbyn hyn, a'u deuddeg plentyn yn chwifio'u dwylo i nghyfeiriad, pan ddeuthum ar draws henwr ar garreg go fawr, maen, dweud y gwir, yn sugno'r gwaed o ystumog ysgyfarnog. 'Dim byd cleniach nag o,' ebe'r henwr yn torri ar ei ddefod i fy nghyfarch, ei weflau'n ddugoch; yr ysgyfarnog yn symudiadau herciog, bychain drwyddi, a wnaeth i mi feddwl ei bod yn fyw o fath o hyd. 'Dydd da i chi,' ebe'r henwr drachefn, ei weflau blysgar yn dychwelyd i feddalwch yr anifail.

Wedi mynd heibio Maen yr Offeren teimlais fy llygaid yn dyfrio. Meddyliais ar y cychwyn mai wylo yr oeddwn. Ac mai dagrau llawenydd oedd y rhai hyn. Ond buan y sylweddolais fy mod yn brysur droi'n ffynhonnell, oherwydd o fy nghlustiau y ffrydiodd y dŵr, o fy nhrwyn ac o fy ngheg hefyd. O'r mannau eraill hynny na byddai'n weddus yma i mi eu henwi.

Erbyn hynny yr oeddwn ar y gwastadedd yn ymffurfio'n llyn.

Bellach ac o bryd i bryd daw gwraig y fferm i lenwi ei chwpan ohonof i'w chynnig decinî i deithiwr talog arall.

Daw'r henwr hefyd ambell waith i lanhau ei weflau.

Ddoe edrychais a gwelais ar ddrych di-grych fy llonyddwch mawr wyneb O.M. yn edrych i fy mherfeddion di-ben-draw.

Tröedigaeth

'Dwi wedi ffendio'r Iesu,' gwaeddodd Meical Mallard, ac agorodd y cwpwrdd o dan y sinc i'w ddangos i ni yn eistedd rhwng y Domestos a'r Jiff ar rolyn o fagiau plastig gwyrdd ar gyfer cadi brown ail-gylchu Cyngor Gwynedd.

Tai Haf

Am a wyddai o, ef Arnold Dexter a'i ail wraig Elena Parry-Dexter oedd yr unig Gymry a oedd yn berchen tŷ haf yma ar y blaned Mawrth. Roedd o fel bod adref yn Llaniestyn. Yr archeb Pepco yn dyfod yn wythnosol. Y llywodraeth mor ystyfnig ag erioed: Arnold wedi cael gwybod na fyddai eleni yn cael cynnydd chwyddiant yn ei bensiwn. A hynny wedi ei siomi. Yr oedd ganddynt lun o Aberdaron ar y wal. Yr oedd ganddynt lun o flodau. Yr oeddynt yn medru siarad Cymraeg â'i gilydd. Yr unig wahaniaeth yma oedd na fedrent fynd allan. Byddai hynny'n ddifäol i'r ddau. Wedi dweud hynny, nid oeddynt wedi medru mynd allan yn Llaniestyn na mannau eraill ychwaith. Hynny mae'n debyg oedd yn gyfrifol am y gwerthiant syfrdanol mewn tai haf ar y blaned Mawrth.

(Gair mwyth yw'r haf yn tŷ haf, gyda llaw, fel y gŵyr y darllenydd yn iawn dwi'n siŵr; ond waeth dweud hynny ddim.)

Ysbrydoliaeth (2)

Yr oedd yr enwau gennyf yn barod – yr enwau a ddaw gyntaf – Alwyn a Clen Hope-Hughes.

Yr oedd rhyw lun ar sefyllfa. Y ddau mewn ystafelloedd gwahanol. Roedd rhywbeth am farwolaeth.

Yr oedd un frawddeg hyd yn oed: *Clustfeiniai'r naill a'r llall drwy'r parwydydd ar ddistawrwydd ei gilydd.*

Yna daeth cnoc ar y drws.

Euthum i lawr y grisiau i'w ateb.

Yno roedd y dyn o Lanllyfni.

Ystyr Bywyd

Ni wyddai neb yn iawn o ble y daeth Mabel Tanner. Ond yno yr oedd hi y bore Mercher hwnnw, Mai 9fed eleni. Neu o leiaf gwelwyd mwg yn dyfod o gorn y bad, bad a ddylai fod ar gamlas nid ar fôr – er mai ar fôr digon cysgodol y Foryd yr ymddangosodd y bad, y *Jamie-Jane*, yn llythrennol dros nos bron i ddwy flynedd yn ôl – ac a oedd bellach yn dechrau dirywio a rhywsut yn ymdoddi i'r dorlan, yr hesg yn ei gorchuddio fwyfwy, fel petai rhyw ddealltwriaeth od wedi datblygu rhyngddi hi a'r hesg i'w chuddio a'i gwarchod, ac ar lanw isel swatiai'r *Jamie-Jane* eto fwyfwy gyda threiglad amser ar wely cyfforddus o fwd, a chri llawn-o'r-felan un gylfinir yn gyfeiliant i'r cwbl. Ond y mwg. Pan welwyd y mwg daeth un neu ddau i gael golwg o'r lôn sy'n rhedeg ar hyd ochr y Foryd. Percy Proctor, Gavin Edwardes a Tina Stanhope ar y cychwyn.

Yr oedd y Foryd wedi bod erioed yn lle diogel i gariadon. Felly cariai yr adarwr Percy Proctor bob amser gydag o bâr o'r hyn a alwai yn bain-ociwlars. Gosododd hwy ar ei lygaid, troi'r olwyn fach yn y canol yn araf bach, ei dafod yn troelli yr un mor araf ar hyd ei weflau. 'Wel?' ebe Tina Stanhope yn dynn wrth ei ochr ac yn ymestyn ei hun ar flaenau ei thraed i geisio gweld hefyd drwy'r bain-ociwlars; Gavin Edwardes y tu ôl i'r ddau yn symud ei ben o ochr i ochr ac yn codi a gostwng i fyny ac i lawr yn grediniol fod y symudiadau hyn yn peri iddo fedru gweld yn well. 'Rargol,' meddai Percy Proctor. 'Be?' ebe Tina Stanhope yn ei wthio o'r neilltu a chythru am y bain-ociwlars. 'Mwg,' atebodd Percy. Bron mewn cytgord trodd y tri rownd hefo'i gilydd pan glywsant sŵn o'r tu ôl a gwraig o fewn decllath ballu iddynt yn camu o'r ffordd dar-mac, i lawr y pileri concrit, yn ofalus o garreg i garreg i osgoi'r tywod gwlyb, camu i'r tywynni isel llawn gwair a brwyn, a thrwy'r hesg nes cyrraedd y bad. Fel petaent heb sylwi ar y dechrau – oherwydd yr oedd eu holl sylw ar y wraig – a dyfod i sylwi yn y man, yn dilyn y wraig yr oedd Huwco Parry yn cario dau fag Pepco a'u llond hwy o neges; Baco-Foil yn uchel, weladwy yn piciad allan o un o'r bagiau. Gwelodd y triawd ar y lan y wraig yn neidio'n hollol sicr i'r bad – rhyfeddol o gysidro fod y ddynes yn tynnu at, os nad wedi cyrraedd eisioes, y trigain – cymryd un o'r bagiau oddi wrth Huwco Parry, yr un hefo'r Baco-Foil; yntau wedyn yn ei dilyn ond yn ofalus iawn – dathlodd ei ben blwydd yn chwe deg saith y llynedd – y bag ar y blaen iddo, a'i fraich arall yn estynedig y tu ôl iddo. Diflannodd y wraig i berfeddion y bad. Huwco Parry ar ei hôl. 'Mi roswn ni'n fama,' meddai Tina Stanhope. 'Gwnawn yn wir, rhag ofn,' ebe Percy Proctor yn codi'r bain-ociwlars yn ôl i'w lygaid. 'Dowch i la' môr,' ynganodd Gavin Edwardes i'w ffôn bach, 'Dan ni ar syrfeilans... Huwco Parry a ryw ddynas. A dudwch wrth Ffranc am ddeud wrth Adrian Byles a Bobby Hope. A Maj Flowers... Ia, os dach chi isho... Dec tjers?' sibrydodd Gavin wrth Tina, a hithau'n nodio'i phen i gytuno a chadarnhau. 'Ia, dowch â dec tjers,' ebe Gavin i'w ffôn, 'Ia, hynny hefyd. Waeth chi neud ddim gyn bo chi'n dwad, 'sa sandwijis a fflasg yn feri acseptybl.' Pocedodd Gavin Edwardes ei ffôn a pharhau y tu ôl i Percy Proctor a Tina Stanhope â'i symudiadau ymchwilgar, symud ei ben o ochr i ochr a chodi ei hun ar yr un pryd i fyny a lawr.

Erbyn dau o'r gloch y prynhawn yr oedd y canlynol yn un rhes ar ymyl y lôn yn y Foryd: Percy Proctor, Gavin Edwardes, Tina Stanhope, Myfanwy a Dennis Ogle, Franc Eddison, Adrian Byles, Bobby Hope, a Maj Flowers. Pedair dec tjer oedd rhyngddynt i'w rhannu ac felly cymerodd pob un ei dro yn eistedd arnynt. Nid oedd pum brechdan a dwy fflasg wedi bod yn ddigonol. 'Dwi ar 'y nghythlwng,' meddai Maj Flowers yn tynnu ei ffôn bach o'i handbag. 'Gwranda,' meddai wrth Toni Roial Welsh pan atebodd y pen arall, 'Wti'n bell o'r Maes?... Grêt. Cer yna, ac os gweli di fan Brian Byrgyrs deud 'tho fo am ddŵad i Foryd. Deud 'tho fo fod Maj Flowers a wyth arall jysd â sdarfio... Ia, ty'd os tisho... Watjad Huwco Parry hefo ryw ddynas mewn barj... Ti'na?' 'Be'?' ebe Tina Stanhope. 'Ti yna, ddudas i ' meddai Maj Flowers wrthi, 'Siarad efo Toni Roial Welsh dwi...' 'Dyo yna? Deud 'tho fo am ddŵad yma ta...' 'Ofynna i iddyn nhw.' Meddai Maj Flowers wrth y gweddill, 'Ma Toni Roial Welsh yn gofyn os dach chi isho eis crîms hefo'ch byrgyrs. Ma' Mr Whimpy ar y Maes hefyd... Oes ma pawb isho... Nainti nains? Geith o ofyn ceith pan ddaw o... Gwranda, gin bo ti ar y Maes dos i le Ifan Mantons drosta i a gofyn iddo fo ddŵad a chydig o dec tjers draw. Nei di 'raur?... Wel cei siŵr, gei di ddeud wrth rywun lici di.'

'Ma'ch llgada chi'n goch iawn, Percy,' ebe Myfanwy Ogle.

'Dyna sy' i ga'l am fod hyd lle ddydd a nos hefo'r gwydra 'na,' meddai Franc Eddison, 'Ti'n sgleinio yn y machlud wsti, er dy fod ti'n meddwl dy fod ti'n infusubl.'

Trodd pawb rownd i'r un cyfeiriad a gwrando oherwydd iddynt glywed yn y pellter yn dyfod gydag awel y dydd jingl fan eis crîm.

Erbyn pump o'r gloch yr oedd y canlynol yn un rhes ar ymyl y lôn yn y Foryd: Percy Proctor, Gavin Edwardes, Tina Stanhope, Myfanwy a Dennis Ogle, Franc Eddison, Adrian Byles, Bobby Hope, Maj Flowers, Toni Roial Welsh, Danny a Robina Prior-Higgson, 'Bangyrs an' Mash' (aka Dewi Sutherland), Josie Toplady, Elsbeth Bach, 'Titan' Jones, 'Lady' Cyril Pope, a Magadalena Smith oedd rŵan yn rhannu rasbri-rupl â'i phwdl Ernest-Alwyn. Pob un ohonynt bellach hefo'i dec tjer ei hun, a Peredur a Geraint Manton yn parhau i ddadlwytho mwy o'r cadeiriau stribedi lliwgar o'r lori a'u gosod ar hyd ymyl y lôn. 'Ma Dad yn deud bo 'na chwanag yn dŵad,' ebe Peredur wrth neb yn benodol. 'Chwanag o gadeiria?' holodd Josie Toplady yn llyfu'r hufen iâ tawdd o'i llaw, ac wrth iddi wneud plygodd y cornet soeglyd nes peri i lwmpyn cyfan o hufen iâ lanio ar ei harffed. 'Mwy o bobol,' meddai Peredur. 'Ffwcin eis crîm,' ebe Josie Toplady. 'Mae o'n recno fod 'na ffiffti od yn dŵad dros Bont 'Rabar rŵan,' ychwanegodd Peredur. 'Sgin rywun ffôn?' gwaeddodd Mei Whimpy o'i fan, 'Dwi'di rhedag allan o fflêcs ar gyfar y nainti nains.' 'Pw' ti isho fi ffonio?'

holodd Toni Roial Welsh yn dangos ei ffôn iddo 'Ffonia Mam.' Deialodd Toni Roial Welsh. 'Gofyn iddi hi ddŵad â dau foco.. Sut wt ti'n gwbod ffôn nymbyr Mam?' 'Ma'r second batj o byrgyrs yn barod,' gwaeddodd Brian o'i fan. Ar eu hunion rhuthrodd 'Titan' Jones, 'Lady' Cyril Pope, 'Bangyrs an' Mash' a Maj Flowers i gyfeiriad melys yr ogla nionod. 'Ma Mei'n gofyn fedri di ddŵad â dau focs o fflêcs i'r fan yn y Foryd?... Ia, y Foryd. Dan ni gyd yma'n gwatjad Huwco Parry hefo rhyw fodan mewn barj. A gwranda, morol paid â deud wrth Mei pam fod dy nymbyr di gin i ar 'n ffôn... Wel ty'd yn y mini bus ta.'

'Mae hi'n dawel iawn,' ebe Percy Proctor yn tynnu'r bain-ociwlars o'i lygaid, ei droi ar ei ben i lawr a'i ysgwyd rhag ofn, a'i roi nôl wrth ei lygaid i edrych drachefn.

'Be' maen nhw'n neud, dybad?' holodd Bobby Hope, 'Un digon crintachlyd hefo'i sôs coch ydy'r Brian Byrgyrs 'ma,' ychwanegodd, 'Ydach chi'n ca'l mwy o sôs brown gan nad ydy o mor popiwlar â sôs coch?'

Erbyn wyth o'r gloch yr oedd dros ddau gant o bobl ar ymyl y lôn yn y Foryd. Daeth Tara Come Again â deg hefo hi yn y mini bus, a lwcus iddi feddwl dŵad a phedwar bocs o fflêcs oherwydd erbyn rŵan yr oedd ei mab Mei Whimpy i lawr i focs a hanner. 'Fedra i ofyn am buntan y dec tjer, dybad?' holodd Peredur Manton neb yn benodol ac felly ni chafodd ateb gan neb yn benodol. 'Nything dwing,' meddai Percy Proctor yn codi'r bain-ociwlars o'i lygaid. 'Sgin ti nait-fishyn ar hwnna?' holodd Myfanwy Ogle ef. Chwarddodd ambell un. 'Ma'i'n dechra oeri braidd,' meddai Tara Come Again. 'Dyna pam ma'r resd ohono ni'n gwisgo'n bwrpasol i'n hoed,' ebe Tina Stanhope. Cyrhaeddodd llond bws Nedw o bobl. Gosododd Peredur Manton ei hun ger y drws, y geiriau 'Punt y dec tjer' yn barod yn ei geg. 'Deud hyn'na eto a mi ffwcin leinia i di,' meddai Tina Come Again. Fel roedd hi'n tywyllu ac yntau'n ôl yn y ciw byrgyrs, teimlodd 'Lady' Cyril Pope rywun yn chwarae â'i ben ôl. Yr oedd o wedi licio syrpreisus erioed. 'Oes plis,' meddai pan ofynnwyd iddo pa sôs oedd o isho, brown ta coch.

'Pam dan ni yma?' holodd rhywun a hithau bellach wedi hen droi deg o'r gloch yn nos, tynnu at un ar ddeg mae'n debyg. 'Maen nhw'n dŵad â blancedi'n munud o'r lle Red Cross,' meddai Tina Stanhope drosodd a throsodd wrth fynd ar hyd y rhes hir o bobl yn eu dec-tjers ar ymyl lôn y Foryd. 'W'ti'n meddwl fod y dre i gyd yma?' holodd Danny Prior-Higgson ei wraig Robina. 'Ran fwya,' atebodd Robina, 'Ma' *nhw* yma. Fentro. Sbia.'

Yr oedd y tacsi wedi gorfod parcio'n go bell lawr y lôn oherwydd y niferoedd. Cerddodd y dyn tacsi – yr oedd o wedi canu ei gorn gynnau, ond i ddim pwrpas – ar hyd y linell hir o dec-tjers yn holi'n aml wrth fynd heibio: 'Tacsi i Mabel Tanner?' 'Ia!' meddai Mabel Tanner oedd wedi crwydro o'r *Jamie-Jane* i'r lôn i gyfarfod ei thacsi. 'Dwnim wir,' atebodd hi gwestiwn 'Be' sy'n mynd ymlaen yn fama?' y gyrrwr tacsi. 'Dwi 'di gorfod parcio'n ben draw 'cw, cariad,' meddai'r gyrrwr, 'Chlywsoch chi mono i'n bipian mwn?'

'Punt, os gwelwch chi'n dda,' ebe Peredur Manton wrth Huwco Parry; talodd yntau, derbyn ei gadair, a'i gosod yn y man ar ben y rhes yr oedd ei chyrraedd wedi teimlo fel tragwyddoldeb iddo. 'Be' sy'n mynd ymlaen yn fama?' holodd Huwco ei gymydog. 'Dwn i ddim yn iawn. Newydd gyrraedd ydan ni, gyfaill,' a gafodd yn ateb.

Yr oedd y llanw erbyn hyn ar ei uchaf. A rhyw oleuni nad oedd modd gwybod ei ffynhonnell yn hydreiddio'n wythiennau drwyddo. Yr oedd yn noson falmaidd. Yr oedd dwy dec-tjer wag. Un lle roedd gynnau Tara Come Again. Y llall lle roedd ynghynt Tony Roial Welsh. Yr oedd y *Jamie-Jane* i'w gweld yn blaen ac fel newydd wedi codi ar y llanw. 'Nything dŵing,' meddai Percy Proctor o'i gwsg, y bain-ociwlars ar ei arffed. Yr oedd y rhan fwyaf o'r dref ar ymyl y lôn yn y Foryd. Un fflêc oedd gan Mei Whimpy ar ôl. Cyrhaeddodd y lori Red Cross hefo'r blancedi. Nid oedd ôl symud ar neb. Yr oedd sêr.

Dynes Hefo Pum Enw

1.

O'r ochr arall i'r gwrych rhwng ei gardd hi a'u gardd hwy clywodd ef yn dweud, 'Secs heno.' Ni allai fod yn siŵr os mai cwestiwn, datganiad neu orchymyn oedd hynny. Unffurf oedd tôn y dweud. Nid oedd raid i Indeg Brotherton gywilyddio, cuchio na chuddio, na chochi oherwydd yr oedd y gwrych rhyngddynt bron ddwywaith ei maint hi. Medrai fod yn noethlymun yr ochr yma ac ni fyddai neb ddim callach. Ond mewn gwirionedd arfwisg oedd amdani heddiw – arfwisg 'Syr Henri' a brynodd ei thad dros hanner canrif yn ôl mewn siop 'nialwch ar Stryd Llyn. 'Mond torth o'n i isho,' meddai ei mam pan welodd ei thad a 'Syr Henri' yn y drws cefn, y dorth yn gorwedd ar ddyrnfol y marchog, llaw ei thad, wrth reswm, o dan y dyrnfol i'w godi. A hithau mond yn wyth oed, roedd yr arfwisg yn llawer rhy fawr iddi bryd hynny. Prifiodd iddi yn y man a'i gwisgo o bryd i bryd. Fel heddiw. Roedd yn hollol gyfforddus o'i mewn. Fel yr oedd hefyd yn hollol gyfforddus hefo enw heddiw arni ei hun: Indeg Brotherton. Yr oedd yr enw a'r diwrnod rhywsut wedi cyd-asio â'i gilydd; rhywbeth na ddigwyddai ond yn anaml. Hwyrach y cadwai'r enw hwn am ddiwrnod arall. Ei harferiad oedd dewis yn blygeiniol enw 'bedydd' o un bocs ar erchwyn chwith ei gwely, a'r snâm o focs arall ar yr erchwyn dde.

A'r helm ar y bwrdd ym mhen pellaf yr ardd, hi'n eistedd yn sipian G&T yn ei secs-tjer, yn foddhaus wrando ar y synau a ddeuai drwy'r gwrych – a oedd wrth ffwc yn ddigon uchel i'w chuddied – o'r drws nesaf. Yn amlwg roedd heno rhyw bell i ffwrdd i'r boi.

2.

'Wel! A phwy sydd ganddon ni yma heddiw yn dŵad i nôl ei chig?' holodd Ifan Preis y wraig hefo'r myrddiwn o enwau.

116

'Pwys a hannar o shin bîff,' ebe hi yn anwybyddu ei gwestiwn, 'A torrwch o'n sgwariau bychain.'

Fe'i cyffrowyd yn angerddol ben bore heddiw pan dynnodd yr enw 'bedydd' a'r snâm o'r ddau focs ar erchwynion ei gwely dwbwl, a dyna pam y penderfynodd ar y shin bîff.

Yn ei chegin gwasgodd y bag cig hwnt ac yma ar ei hyd – sŵn y bag fel sŵn tân yn cynnau – gan fwynhau meddalwch y cig oddi mewn. Arllwysodd ei gynnwys ar y plât. Cochni'r cig – a'r duo ymhlith y cochni yn arwydd o gig da – y braster lledwyn, y gwaed hyd yr ymylon. Arogl lled-felys y cig yn ei ffroenau.

Yr oedd Pudenda Puw ar ben ei digon.

3.

Pa fath o ddiwrnod a ddaw i fod o alw eich hun yn 'Dwynwen Blake'? – fe wyddoch erbyn rŵan sut y daw hi ar draws ei henw bob bore ag ati, ag ati, fel na bydd raid i mi esbonio hynny o hyn ymlaen siawns? Dwynwen y santes. Blake y bardd. Nid oedd hi na sant na bardd, felly aeth hi i'w wardrob i chwilio am ddillad a fyddai'n addas ar gyfer Dwynwen Blake. Hwn ta hwn ta hon ta hon? Dilledyn ar ôl dilledyn. Hon yn sicr ar gyfer Blake. Hwn? Hon? Hwn? Dwynwen? Hwn. Daliodd y dillad yn erbyn noethni ei chorff, edrych yn y drych, a wele! Dwynwen Blake. Ni fyddai Indeg Brotherton o ddeuddydd yn ôl fyth wedi gwisgo fel hyn. Ac am Pudenda Puw ddoe, god olmaiti, na!

Ond sut ddiwrnod fyddai Dwynwen Blake yn ei ildio? Felly cipiodd y ffurflen gais, edrych ar y cloc – chwarter ballu i naw; 'mi fydda i yna ar ben awr yr agor' – bachu jinjyr nyt, a rhuthro allan.

Fel yr oedd Ritj *Pirranha's an' Parrots* yn rhoi'r allwedd yn nhwll clo ei siop, 'Y job,' meddai Dwynwen Blake o'r tu ôl iddo, trodd yntau, rhoddodd hithau'r ffurflen iddo. Â'i ben amneidiodd Ritj ar iddi ei ddilyn i mewn i'r siop; 'dim 'di cal tjans eto i lenwi'r fform, wrth newid blows feddylish i am y peth.' 'Dim otj chi am y fform,' meddai Ritj, 'sa chi'n meindio cerddad fyny a lawr y siop?' Gwnaeth. 'Chi bia'r job. Ma'r parots yn bailingiwal bai ddy we.' 'Diolch.' 'Mi fydda i allan am resd o'r dwrnod. Mi ddaw rywun i nôl y teigar ganol bora, mae o'n rŵm gefn yn twllwch. Dach chi'm yn alyrjic i deigars, nadach?' 'Nadw, dwi'm yn meddwl.' 'Os daw 'na ddyn yn chwilio am ripleisment goldfish, dudwch mod i'n deud mai hwn fydd yr ola. A fesul pwys yn unig 'dan ni'n gwerthu'r Trill rŵan, dudwch wrthyn nhw; coffi, te a siwgwr yn fanna ond sa'm llefrith. Fedra i aros bum munud tra 'dach chi'n mynd i nôl llefrith os liciwch chi.' 'Dach chi'n meindio?' 'Nac dw i'n tad, ond peidiwch â mynd i nunlla arall.'

Cerddodd Dwynwen Blake i mewn i'r siop gemust. 'Wedi dŵad am y job ydw i,' meddai wrth Brian Cemust. 'Rhagorol,' meddai Brian. 'Dwi di anghofio'r fform sori.' 'Dim otj. Ond sa chi'n meindio cerddad i fyny a lawr y siop?' 'Gwna i.' 'Dwi'n falch o ddeud 'ch bod chi 'di cal y job. Ewch chi â'r prysgripshiwn ma i Ritj *Pirranha's an' Parrots*, os gwelwch yn dda?' 'G'na i 'n tad.'

'Mi odd gin i lefrith wedi'r cyfan,' meddai Ritj pan gerddodd Dwynwen i mewn i'r siop yn ôl. ''Ch prysgripshiwn chi. Ond fydd arno fo chwech bita blocyr i chi.' 'Fyddwch chi'n iawn i gloi? Go brin fydda i'n ôl.'

4.

'Craist!' meddai pan ddarganfu mai Ceinwen Balls fyddai ei henw am weddill y diwrnod. 'Fedra i'm deud hynny wrth neb. Dwrnod yn tŷ 'lly.'

Fe'i dychrynwyd hyd fêr ei hesgyrn pan ofynnwyd iddi, a hithau mwyaf gwirion hi wedi ateb y ffôn, os oedd Ceinwen Balls yna?

O fewn munudau iddi ateb y ffôn a hithau wedi dweud dim, canodd y gloch drws ffrynt. Medrai weld siâp yn gryndod yng ngwydr mygliw patrymog y drws. A'r siâp yn troi'n siapiau. Roedd o leiaf dri. Pwy ond y hi oedd hefo cloch drws ffrynt a oedd yn canu Cwm Rhondda?

Yr oedd rhywun wedi gwthio'r letyrbocs ar agor. Neu rywrai. Yr oedd rhywun – neu rywrai – yn edrych i mewn i'r paseij. Canodd y ffôn eto. Yr oedd oriau cyn y medrai fod yn rhywun arall. 'Pulgrum thrw ddus baryn land,' dechreuodd ganu i gyfeiliant y gloch drws ffrynt.

5.

Cardoma Eddy. Enw addawol, meddyliodd y ben bore hwn. Felly dyna pam, a hithau'n grinolin a thaffeta o'i chorun i'w sawdl, het plu estrys am ei phen, y mae hi'n eistedd ar stôl yma ger y bar yn Salŵn Sam Bach Ara' Deg yn Twll yn Wal. Jiwyl MacMahon ar yr honci tonc. Ablett Morgan wedi ei saethu'n gelain gan Teg Thomas-Hyde yn dal yn ei gadair, y twll yn ei dalcen fel petai'n dynwared blaen mefusen. Y Parchedig Pader Puw yn cael ei arwain gan Gorjys Jorj i fyny'r grisiau. Rhwbiodd Barry Buster ei gadach ar hyd wyneb y bar a thaflu'r cadach yn ôl dros ei ysgwydd. 'Ty'd atan ni i fama,' meddai'r genod wrth Cardoma Eddy. Y genod: Mavis Oggleby, Sandra Tarquin, Teresa Padmore, Connie Pickton. Sylwodd fod Peredur Manis yn eu plith. Ni faliodd ymateb iddynt. 'Bourbon arall,' meddai Ernest Dickson-Bowie yn codi ei ben o'i feddwdod am eiliad cyn gorffwys ei ben yn ôl ar ei freichiau cris-croes ar y bar gwlyb. 'Chwara' Tai E Ielo Rubyn ar yr honci tonc 'na,' gwaeddodd Mabel Duckfield o'i meddwdod hi. Daeth y Parchedig Pader Puw i lawr y grisiau yn ei ôl yn wên o glust i glust. Rhoddodd Heidi Mapple beltan ar draws wyneb Rococco Hughes. Yn sigledig daeth Iolo Pendergast yn ôl o'r lle chwech, ei drowsus yn smotiau gwlyb, ceisio codi ei hun yn ôl i'w stôl, methu a disgyn yn glowtan i'r llawr baw lli'. Chwarddodd pawb. Daeth Taliesin Duggan i mewn. Arllwysodd Barry Buster y bourbon i wydr Ernest Dickson-Bowie. Fel petai yn y lle anghywir a newydd sylweddoli hynny, croesodd Anthony Peddlepower y llawr yn ei drowsus lycra, ei bidlan yn amlwg o dan y defnydd yn dynwared pwmp beic. Yr oedd Corney Balaam wedi cael ffit ar ei ben ei hun yn fan'cw ac yn malu'r ewyn ond nid oedd neb wedi sylwi. Syrthiodd Terens Maudsley-Morgan dros ganllaw y galeri sy'n amgylchynu'r llofftydd yn farw i'r llawr, ond yr oedd wedi cael modd i fyw. Aeth Baroc Bevan allan. Daeth Reuben Parry i mewn. A Thomas Maitland ar ei ôl ef. 'Fan hyn,' sibrydodd Catrin Hughes-Smith yn uchel i'w gyfeiriad. Dynwaredodd yntau siâp gwydr wisgi â'i fys a'i fawd i'w chyfeiriad hi. Dynwaredodd hithau siâp wisgi dwbl yn ôl i'w gyfeiriad ef. Cododd yntau ei fawd arni. Yn y gornel yr oedd Helen Tarrant yn hepian ymysg y poteli gweigion oedd fel dannedd milain hyd y bwrdd a neb wedi malio eu hel, ei dirywiad erbyn heddiw yn go sylweddol, ond cododd hithau yn sydyn ei bawd ar yr ystafell gyfan o ochr i ochr, i fyny a lawr. Aeth Tommy Garnett allan. O'i stôl gwyddai Cardoma Eddy fod hwn yn un o ddiwrnodau gorau ei bywyd. Daeth Tommy Garnett yn ei ôl. 'Dach chi am ddrinc?' holodd Barry Buster hi yn rhwbio wyneb y bar â'i gadach. 'Na, mi rosa i,' ebe Cardoma, 'Munud falla.' 'Fel fynnoch chi,' meddai Barry yn taflu'r cadach dros ei ysgwydd. Ef y tu ôl iddi, y bar rhyngddynt, y ddau'n sbio i'r un cyfeiriad, ac i bob ymddangosiad ar yr un peth.

Yr Ysblennydd

Yr oedd 'Selff-Raising' Hughes – cafodd yr enw yna, gyda llaw, flynyddoedd maith yn ôl ac yntau oddeutu'r wyth oed pan roddodd lwyad bwdin o'r cyfryw flawd yng ngheg ei nain yn ddiarwybod i neb arall o'r teulu, eistedd gyda hi yn y llofft dywyll, a disgwyl am y peth od hwnnw y clywodd amdano mewn capel ac ysgol Sul, atgyfodiad; yr oedd ei nain wedi marw y bore hwnnw – wedi ymaelodi â Seren Taliesin. Mae'n debyg fod cyrraedd 62 mlwydd oed yn peri i ambell un holi am ddyfodol – neu Y Dyfodol, D fawr a'r fannod – a fydd yna rywbeth Mwy (M fawr yn fama cofier) – beth yw'r gair – ysblennydd? – na phensiwn, clun newydd, Saga, bod yn nain neu'n daid sy'n gwarchod ŵyr neu wyres drwwwwwy'r dyyyyydd, neu hands-yp i'r bandits cythreulig sy'n aros am rywun y tu ôl i greigiau'r blynyddoedd o'n blaenau, cansar neu/a dementia? Felly wrth ymaelodi â Seren Taliesin yr oedd 'Selff-Raising' Hughes yn betio ar Y Dyfodol – D fawr a'r fannod – a roddai iddo Yr Ysblennydd.

Am hanner canpunt y mis (archeb banc) cai 'Selff-Raising' ymgyfranogi mewn cynadleddau ar-lein (am bris gostyngol), defodau, a mentor a fyddai'n medru ateb unrhyw gwestiwn a lliniaru unrhyw ofid a ddeuai i'w rwystro a'i faglu ar ei ffordd tuag at Yr Ysblennydd. Un o'r camau cyntaf ar y ffordd hir, drofaus hon oedd newid enw, neu'n hytrach dderbyn enw newydd gan Uchel Dderwydd Seren Taliesin, un Mathrafael eleni. Felly wedi iddo drwy gymorth dau arall yn ystod Defod y Dŵr, y mwgwd am ei lygaid, gamu o'r afonig, derbyniodd 'Selff-Raising' Hughes yr enw Gwyddno.

Heno yr oedd Gwyddno, Cadwgan, Lili Wen Fach, Cadno yn yr 'ogof'. Trwy gnegwarth o ddychymyg, cynnau hwnt ac yma y ti-laits bychain, diffodd y golau letrig, gadael i fwg y tri jos-stic pren sandalau esgyn o flaen y broc môr a oedd, heb os, yn ymgorfforiad o Blodeuwedd – Sbïwch yn iawn! Dyma fo'i phen hi'n fama – medrir troi unrhyw barlwr yn 'ogof'. Yr oeddynt, fe wyddent, ar drothwy'r Ysblennydd. Nid oedd dim yn sicrach. A sicrwydd, wrth reswm, bob amser, yw'r peth. Hynny, ac aros hefo'i gilydd. Thâl hi ddim iddynt fod ar wahân.

Esgidiau

Un digrif fu Neville Chambers erioed. Fel yr adeg hwnnw y rhuthrodd i mewn i'r parlwr yn dal ei law – yr oedd wedi ei thorri o'r garddwrn – am i fyny hefo'i law arall ac yn gweiddi mwrdwr, y gwaed yn stillio o'r lawes lle bu'r law yn weladwy gyfan gynnau. 'O cer o'ma wir,' meddai'i fam yn rhyw hanner meiddio edrych i'w gyfeiriad, 'yn prynu hen law blastig yn yr hen jôc-siop 'na; a tendia, ma'r cotjinîl 'na'n staenio ngharpad i. Ti'n fforti tŵ, Neville bach.'

Ond pam deud hyn? Wrth gwrs, sôn am esgidiau yr oeddwn i. 'Mi roedd y sgidia yna'n eiddo i Eifion Wyn,' meddai'r ddynes o du ôl i gownter y siop elusen wedi iddi godi ei phen o'r jig-so yr oedd hi ymhell o'i gwblhau. Edrychais innau ar y gwadnau. 'Maen nhw wedi ei hail-wadnu,' meddai'r wraig. 'Rhein!' ebe fi yn codi pâr gwahanol, a dywedais hynny gyda sicrwydd mawr fel petai'r pâr lledr du gyda streipen swêd yn rhedeg ar hyd eu hymylon wedi fy ngorfodi i'w dewis. Teimlais na fedrwn eu gollwng o'm gafael hyd yn oed petawn yn dymuno gwneuthur hynny. Yr oeddwn rywsut yn eu meddiant. Gwelais y wraig yn llyncu ei phoer. 'O! dwnim,' meddai, 'Dach chi ddim yn meddwl mai ar gyfer rhywun fengach ma' rheina?' Fel petai'r esgidiau'n cerdded yr aer o'u gwirfodd gan fy llusgo i ar eu holau yr oeddwn wrth y cownter, yr esgidiau rywsut wedi cyrraedd o'm blaen ac wedi sodro eu hunain yng nghanol y jig-so a'i anhrefnu. 'Tendiwch!' ebe'r ddynes. Wrthyf fi ynteu wrth yr esgidiau? Ymddiheurais innau ar eu rhan. Gwyddwn fod yn rhaid i mi wisgo'r esgidiau yn y fan a'r lle. Hynny a wneuthum. 'Dan ni'n gneud swaps, 'chi,' ebe'r wraig yn cymryd fy hen esgidiau oddi arnaf i'w harchwilio – yr oeddwn yn falch i mi newid fy sanau y bore hwn, hithau'n hogleuo'r tu mewn. 'Mm,' meddai, 'Gymra i rhein a dwy bunt ar eu pennau nhw a wedyn mi fyddwn yn cwits in.' Teimlais ryw ddyheu am fynd yn lledaenu hyd ledr a swêd fy esgidiau newydd. Teimlais hefyd fel petai'r esgidiau yn ffieiddio'r telerau a gynigiwyd amdanynt. Yn reddfol tynnais bapur ugain o fy waled a'i sodro ar ben y jig-so. 'At yr achos,' meddwn. Gwasgodd yr esgidiau fy nhraed bron yn garuaidd. Mewn diolchgarwch? Ond yr oedd wyneb y wraig yn dweud: 'Pw' di'r diawl nawddoglyd yma?' Teimlais wrth fynd drwy'r drws ei bod yn falch o weld ein cefnau, wrth geisio troi i'r dde ar y pafin... ond ildiais i ewyllys yr esgidiau gan droi i'r chwith. Yr oeddwn yn cael fy ngherdded. Mae'n rhaid fod rhyw benderfyniad aruthrol ynom oherwydd yr oedd Hope Langley'n gegrwth wrth i ni fynd heibio, myfi a'r esgidiau. Yr oedd drws ffrynt y tŷ yng nghanol y rhes yn gil agored. Teimlais fwyniant yn hydreiddio swêd yr esgid wrth iddi wthio'r drws cyfarwydd led y pen ar agor. Yr oedd y dialedd yn amlwg bleserus yn y gwadnau yn rhuthro ar hyd y paseij i'r gegin lle yr oedd. Trywanais a thrywanais â'r gyllell a oedd wedi ymddangos yn ein llaw.

'Mae gin i jysd y peth i ti,' meddai'r ddynes siop elusen wrth Neville Chambers, yr arctoffilydd, pan ddaeth i mewn, 'Sgidia gath eu cyfnewid am bâr arall ddoe. Eiddo i John Eilian ar un adag. Ynta wt ti isho disgwl i'r lleill ddŵad yn ôl? Ma nhw bob amser yn dŵad yn ôl.' Ac edrychodd y ddau ar yr wyneb yn y jig-so cyflawn.

Caws

'Pa emyn Cymraeg sy'n crybwyll caws?' holodd fi. 'Dwnim,' medda fi. 'Yr un sy'n sôn am y mawl, y parch a'r brie,' ebe ef. Fel hefo pob jôc giami mae rhywun yn rhyw 'o-ho-io' hi a chogio bach chwerthin; a dyna wnes i.

Pam dudas i hyn'na rŵan? O ia, (dwi'n gwbod yn iawn, gyda llaw, ond mae isho'n does, rhyw holi chi'ch hun fel'na, gadael i bobol erill bendroni, teip yna o beth) dŵad o'r fynwent oeddwn i a mynd heibio ei garreg fedd o. Marw'n sydyn, cradur. Faint oedd ei oed dwch? 'Roswch, mi ai nôl i edrach.

Dwi nôl. Ffiffti ffôr iyrs of eij.

Dwi nôl rŵan lle ro'n i. Mi fydda i'n dŵad o bryd i bryd. Lai rŵan hefyd. I weld y pump. Ond ar y dechra falla'n rhy aml. Ambell dro hefo fflasg a Kit-Kat. Mi fu i mi 'rafu lawr pan ddudodd, a dwi yn cofio yn iawn pwy, 'Ti'n amal iawn yn y fynwant 'na.' Mi wnes fy nadl a'i gorffen hefo: Mae cyn amled yn y farchnad/ Groen yr oen a chroen y ddafad, rwbath fela. Unwaith y mis job oedd hi wedyn. Ond yr un un patrwm. Dechra hefo fo, y pedwar arall wedyn, a gorffen hefo fo. Mi liciwn tasa 'na ryw weddi bach yno i. Ond does 'na 'run. Hen lancia' i gyd. A'r marwolaethau yn rhai sydyn. Hefo un yn unig y cafodd yr awdurdodau, fel maen nhw'n licio galw'u hunan, anhawster. Mi roedd ffenasd drws cefn ei dŷ wedi malu. A, fel dwi'n deud, gorffen hefo fo fel heddiw. A jôc y caws bob amser. A'r cogio chwerthin. Pam fod bywydau hen lancia' mor ffycin pathetic? Yn 'y mhocad i hyd yn oed rŵan y mae goriadau pedwar o'r tai. Un. Dau. Tri. Pedwar. Dwi'n ei ddeud bob tro yn edrach yn ôl ar y fynwent o'r giatiau. Deud hynny'n rhyw lun ar weddi mwn. Wedyn y pumed. Chwech? Fedra'i'm gwadu i mi feddwl am y peth flynyddoedd maith yn ôl.

Wynebu

Pan welodd Eilir Hytner yr arwydd Wyneb Dros Dro ar ymyl y
lôn, daeth oddi ar ei feic, gweld giât wrth ei ymyl y medrai roi'r
beic i orwedd yn ei herbyn, wedyn tynnu o'r bag beic ddwy
amlen o blith llawer, o leiaf ddeg, edrych ar yr enw ar un amlen
– Charles Hilsop – Charles Hilsop? meddai wrtho'i hun, dduw
na! – a rhoddodd yr amlen yn ei hôl – darllenodd yn foddhaus
Tina Myfanwy ar y llall – tynnu'r wyneb yr oedd wedi ei osod
arno'i hun ben bore cyn brecwast – mae'n debyg fod amlen Eilir
Hytner yn rhywle ond nid oedd ganddo amser i edrych a
gollyngodd yr hen wyneb yn sliwennaidd i'r bag yn ôl – a gosod
arni ei hun am yr ychydig oriau nesaf, efallai drwy weddill y
dydd, wyneb Tina Myfanwy yr oedd hi newydd ei dynnu o'r
amlen. Aeth ar gefn ei beic a ffwrdd â hi, yr awel gynnes yn
gwrido ei gruddiau. Pencaenewydd i lawr yr allt o'i blaen.

Adnabod

'Ydach chi'n adnabod Iesu Grist?' holodd Meical Mallard Edgar Fychan.

'Wel, mae o lot llai na be' feddylish i fydda fo. Ac yn ben moel,' atebodd Edgar Fychan gan edrych ar y dyn oedd wrth ochr Meical Mallard.

CHWEFROR, 11eg

Rhagair

Dro'n ôl dywedwyd wrthyf fod cansar yn fy aren chwith. Ymhen tridiau cefais feiopsi. Cadarnhawyd y cansar. Tynnwyd yr aren o fewn y mis.

Sut oeddwn i i sôn am hyn?

(Ychydig iawn oedd yn gwybod.)

O stryd gefn fy nychymyg daeth Tricsi Bevan. 'Fedra i fod o help?' meddai wrthyf.

Yr wyf yn hynod o ddiolchgar i Tricsi – ac, fel mae'n digwydd, i'w chyfaill hirymarhous, Moelwyn Paganussi – am yr help hwnnw.

Hwynt-hwy, ill dau, a aeth â fi drwy borth cansar – porth melltith a bendith – i le go-lew ynof fi fy hun...

Gellir darllen Chwefror 11eg fel dilyniant o Storïau Byrion Iawn neu... fel Pryddest.

'Because I could not stop for Death –
He kindly stopped for me'

– Emily Dickinson

'...the worst is not
So long as we can say "This is the worst" '

– Edgar yn King Lear, *William Shakespeare*

Y Lôn Newydd

Dwi ar y lôn newydd. Yn mynd am adra'n ôl, ond mai rŵan dwi'n sylwi arni go iawn. Ma' raid mod i wedi mynd ar ei hyd-ddi ar y ffor' yno ond fod 'na ormod o betha' ar 'y meddwl i 'radag hynny.

Moelwyn Paganussi sy'n gyrru.

'Paid â siarad yn wirion, a'i â chdi,' ddudod o ddoe, echdoe, bryd bynnag. Mae llaw Moelwyn yn twtjad 'y mhen-glin i wrth iddo fo newid gêr.

Fel y rhyddhad o agor carrai sgidia' oedd yn llawer rhy dynn, dwi'n llacio nghorff yn gyfangwbl i set ledr-ffug y car. Dwi'n rhyfeddol o dawel fy ysbryd. A dim syndod yno'i chwaith fy mod i'n rhyfeddol o dawel fy ysbryd.

'O'n i'n dèd yn erbyn y lôn newydd ma sdi. Odda chditha hefyd doddachd? Cofio chdi'n deud fod gwario miliyna o bunnoedd er mwyn arbad traffig jams deng munud yn b'rua a phnawnia oherwydd rhieni diog yn mynnu danfon 'u plant i ysgol Bont mewn ffor-bai-ffors, un plentyn ymhob car, yn anfoesol. Cofio?'

'Mm-hm,' dwi'n i ddeud yn edrych ar ardal fy mhlentyndod y mae'r lôn newydd wedi ei chreithio.

'Sgin neb amsar i ddim byd bellach,' dwi'n clwad Moelwyn yn ei ddeud i mi ei ddeud am selogion a ffanatics y lôn newydd cyn ei bod.

'Ti'n clwad?' mae o yn ei ychwanegu.

'Yndw.'

'Ti'n iawn?'

'Yndw. Tjampion.'

'Siŵr?'

Dwi'n gweld Moro-goro. Tŷ Capten a Musus Evans ers talwm. Mi roedd ganddyn nhw nith o'r enw Jacqueline a roddodd i mi pan o'n i'n blentyn yn ysgol Bont *The Observer*

Book of the Seashore am fod Mam yn ffeind wrth Mrs Evans oedd yn hen siswrn o ddynas annifyr. Mae'r enw anghyfiaith Moro-goro – pentref? tref? yn Kenya? neu Tansania? lle roedd yr hen siswrn wedi bod yn nyrsio – yn fy angori fi. Dyna beth ydy geiriau i mi, angorau mewn byd hollol ddi-synnwyr. Y mae fy niffiniad i o fod dynol yn un syml iawn: anifail sy'n ymarfer geiriau. Erbyn rŵan, ac ymhell cyn bore 'ma, dwi'n ddigon cartrefol hefo di-synhwyredd y byd. Dim pangs at ôl. Dim – be' oedd y gair mawr o'r 60au, 70au? – *angst*. Mae'r byd fel mae o a 'does na ddim isho brwsh bras synnwyr i drio'i dacluso fo. Y cwbwl dwi angen felly ydy geiriau i fynegi pethau. O *ffalabalamdiro* i *Gorffennwyd*. Mynegiant yw popeth. A'r unig beth.

'Ti'n clwad?'

'Be'?' dwi'n 'i ddeud wrth Moelwyn.

'Moro-goro. Sbia.'

'Wn i.'

'O le dath yr enw yna dŵad? Ti'n gwbod?'

'Na wn i ddim.'

'S'nelo fo rwbath â'r môr dwa'?'

O angor Moro-goro mae nychymyg i'n cysylltu ag enwau eraill fy mlynyddoedd cynnar, a dwi'n chwilio amdanyn nhw drwy ffenast y car.

Plas. Felinwnda. Rhedynog. Morannedd. Glanrhyd. Tai Gwynion. Dinas. Tre Wyndaf. Geufron. Llond bag o enwau fel llond bag o fferins fy mhlentyndod o siop PrichardBachSiop. Midget Gems. Pear Drops. Sherbert Fountain. Pob enw'n felys i'r deud. Mae pob iachâd yn rhagdybio'r gallu i ynganu geiriau neilltuol: Tabitha Cwmi, Effatha, Mynnaf. Tybed fyddai dweud Rhedynog, Geufron, Gadlys, Rhosdican yn gwneud yr un tric?

Cymraeg oedd iaith fan hyn. Cymraeg siaradai pawb. Cymry oedd y coed. Yr adar. Y llwyni. O fama drwy'r winsgrin gwelaf y môr a chofio mai Cymraeg oedd baldordd y tonnau yn golchi dros y marian a'r cerrig mân a mwy; Cymry bob un ohonyn nhw. Ond fe ddaeth y Saesneg fel anfadwaith lôn newydd. Ar gyfer

Saeson y mae'r Cymry'n creu lôn newydd, er credu mai er mwyn eu hunain y maen nhw'n gneud hynny, a hwyluso'r daith i mewn i Gymru; ffastach wedyn cyrraedd Abersoch. Tasa nhw'n medru ynganu Abersoch yn gywir.

Mae llaw Moelwyn yn twtjad 'y mhen-glin i eto wrth iddo fo newid gêr i fynd rownd y gylchfan olaf un ben draw y lôn newydd.

'Sgynno chi rywun fedar ddŵad hefo chi?' meddai llais y nyrs yr ochor arall i'r ffôn.

Ond mi ofynnais i Moelwyn Paganussi – 'Utalian prusynyr o wôr oedd taid syrthiodd mewn cariad hefo nain' – roi pàs i mi. Moelwyn sydd mewn cariad hefo fi ers blynyddoedd, a finnau wedi cymryd mantais sawl tro ar hynny, ond heb edliw mewn unrhyw ffordd mod i mewn cariad hefo fo; dwi'm isho codi ei obeithion o. Er fod sawl un yn mynnu 'Fod Tricsi Bevan a Moelwyn Paganussi'n eitem siŵr dduw.'

A dyma ni o flaen y tŷ.

'Wti am i mi ddŵad i mewn hefo chdi?'

'Nacdw.'

Wrth ddŵad allan o'r car dwi'n clwad 'n hun yn deud eto wrth y docdor o mlaen i ychydig wedi deg bora heddiw, yr unfed diwrnod ar ddeg o Chwefror, tu ôl i'w ddesg, sgrîn ei gyfrifiadur o wedi ei throi tuag ata i i ddangos y sgan o 'nhu mewn i, ei fys o ar yr union fan a fynta newydd ddeud, 'Dan ni wedi ffendio lwmp' a finna'n cyfieithu'r gair diddrwg-didda 'lwmp' i'r gair peryclach 'cansar', a fo wedyn yn cael fy nghaniatâd i i ddefnyddio'r gair 'cansar' yn yr ymadrodd 'cansar yn yr aren', a wedyn dwi'n clwad 'n hun yn deud eto yr hyn na ddywedais i, 'Ond arglwydd docdor dwi'n buta lentuls. A reidio 'meic dragwyddol.'

'Be o' chi'n feddwl o'r lôn newydd?' mae Dei drws nesa'n ei holi o'i sdepan drws. 'Tro cynta i chi fod arni debyg?'

Y Ddwy Ohonom

Aeth y ddwy ohonom i weld y doctor.

'Wrth gwrs do'i hefo chdi,' medda fi wrthi y bore y dywedodd hi wrtha i fod yr arbenigwr am gael ei gweld, 'Paid poeni! Mi fydd bob dim yn iawn. Rwtîn. Trio clirio'r baclog ar ôl Cofid ma nw. A gwranda, mi ga'i Moelwyn Paganussi i fynd â ni'n dwy. Hannar gair sydd isho a mi neith hwnnw rwbath i mi. A mi gawn fynd ar hyd y lôn newydd am tro cynta'.

A dyma ni ein dwy o flaen y docdor.

A mae o newydd ddeud wrthi fod cansar yr aren arni hi.

Nid fod o wedi deud y gair cansar. Lwmp ddudodd o. Lwmp fel mewn siwgwr lwmp.

Hi gyfieithodd y 'lwmp' yn 'cansar.' A mi o'n i'n maiti impresd bod hi wedi medru deud y gair. Dwi ddim yn meddwl y medrwn i.

'Ia,' medda'r docdor.

A ma'r nyrs yn sbio arnon ni'n dwy – sbio swil, nid hen sbio syllu, sbio ffeind i weld oes 'na ryw adwaith y medra hi, y nyrs, cfallai ei liniaru.

Dwinna hefyd yn troi rownd ati, at yr un sydd newydd ddeud 'cansar.'

Ond does 'na neb yna.

'Mond fi sy' 'ma.

Dwi'n cofio nad oedd yna neb yn y car 'chwaith ond fi a Moelwyn Paganussi.

A'r funud hon, neb yn yr ystafell ond y docdor, y nyrs a fi yn edrych ar ein gilydd, yr ydw i'n sylweddoli mai fi ydy'r cansar. Nid rwbath ar wahân i mi, rhyw elyn o beth a ddaeth o ryw wlad bell i 'mosod arna i. Fi chwithig, fi wyrgam – copi nid cweit cysáct o'r hon feddylis i oeddwn i – ond yn hollol, gyfan gwbl fi serch hynny. Un gell ohono i ar un adeg wedi chwarae triwant a chambihafio gan droi i'r chwith yn hytrach nag i'r dde – lle ro'n i, dybad, pan ddigwyddodd hynny yn ddirgel tu mewn i mi? be' o'n i'n neud, dybad? – a mae yna ryw ryfeddod od am hynny, gan roi bod wedyn i ryw fi peryclach na'r un sydd wedi deffro holl foreau fy mlynyddoedd i wynebu yr hyn feddyliais i erioed oedd y cyfarwydd diogel. Diflas o saff... Nid mwyach.

Gwyddai fod ei diwedd, petai'n digwydd, ymhlyg yn yr hyn ydoedd rŵan. Nid o'r tu allan y mae marw'n dod ond o'r tu mewn. Nid oes unrhyw 'elyn'. 'Run 'apocalyps'. A bod hynny hefyd yn wir nid am unigolion yn unig ond am y cosmos ei hun.

Oedd hynny'n deimlad braf? Ei bod hi a'r cosmos yn un?

Ydy mae, meddai Tricsi.

Cwestiwn ac Ateb

'Dach chi'n obeithiol felly, docdor?'
   'Tydw i ddim yn *an*-obeithiol.'

Clingffilmio

Sdrach ar y gorau ydy trio agor clingffilm i'w roi am damaid o gaws pan mae'r diawl wedi llyncu ei ben, can mil gwaeth na selotep pan mae'r un peth wedi digwydd i hwnnw. Ond mai nid er mwyn lapio tamaid o gaws yr oedd Tricsi Bevan yn ei byd yn trio cael hyd i ben y clingffilm y bore hwn ond i'w weindio rownd ei bol. Dyna ddywedodd y nyrs: 'Pidiwch â chael bath, ond mi fedrwch gael cawod gyn belled â bo chi'n cyfrio'r bandeij am y graith hefo clingffilm.'

'Tisho thrul?' meddai Tricsi i geg y ffôn wrth Moelwyn Paganussi yr ochr arall i'r lein. 'Ty'd draw yma rŵan.'

Mynnai ymennydd Moelwyn ar y ffordd i Fron Deg, cartref Tricsi, droi'r gair 'thrul' i'r gair saffach 'Rhyl'. Wedi'r cyfan fe wyddai nad oedd o yn ddim iddi ond tacsi rhad. I Gaernarfon. I Fangor. I Stiniog. I Lerpwl. I Fanceinion. Ac er y byddai hi o hyd yn cynnig talu am y petrol, ni dderbyniai Moelwyn yr un ffadan beni. Iddo ef, rhodd oedd eu perthynas.

Ond erbyn cyrraedd ei thŷ yr oedd 'Rhyl' wedi setlo'n ôl i'r 'thrul' gwreiddiol. Yr oedd cryndod annisgwyl yn ei law wrth iddo ei chodi ar gyfer canu'r gloch. A fynta ar fin pwyso'r botwm agorodd y drws, ac yno o'i flaen yn ei gŵn nos yr oedd Tricsi.

'Hwda,' meddai wrtho'n taro'r rolyn clingffilm yn erbyn ei frest, 'Agor y ffycar yma. A ty'd ar 'n ôl i i'r llofft wely.'

Gwelodd Moelwyn ei llofft wely am y tro cyntaf erioed, er ei fod wedi bod yma ugeiniau o weithiau yn ei ddychymyg. Yr oedd hi'n wahanol. Teimlodd siomedigaeth mai gwely sengl oedd yno. Wardrob brown. Blows wedi ei hongian yn flêr gan wyro i un ochr ar hangyr o dop yr wardrob, y botymau ar agor, un botwm ar goll. Dresing teibl i fatjo'r wardrob. Carped nad oedd yn gorchuddio'n gyfan gwbl yr olcloth oddi tano. Ar y waliau, anaglypta wedi ei beintio hefo un o'r Shades of... 'na, gwyddai Moelwyn. Wedi ei beintio fel-a'r-fel braidd.

'Ti 'di cael hyd i'r pen?' meddai wrtho. 'Do mi wela. Un da w't ti. Rŵan ta – ' a thynnodd oddi amdani y gŵn nos fel y medrai Moelwyn we.. – ond yr oedd o wedi troi ei ben fymryn i'r ochr, mwy na mymryn yn amlwg, oherwydd meddai Tricsi wrtho, 'Sbia arna i'n iawn. A phaid â bod cwilydd 'ngweld i'n 'y mlwmar a'm mra. Medical ydy hyn. A weindia'r clingffilm 'na rownd 'y nghanol i er mwyn mi ga'l showyr.'

A oedd yn bosibl, meddyliodd Moelwyn, iddo fedru rywsut afael yn y clingffilm heb iddo orfod cyffwrdd ei chnawd? Mae'n rhaid fod Tricsi wedi deall: 'Paid â bod blydi ofn fel tasa ti'n rhyw dili-do, jysd gna fo.'

Cyffyrddodd cefn llaw Moelwyn groen ei bol a dechreuodd weindio'r clingffilm yn ara' dyner rownd ei chanol. Dros y bandeij oedd yn cuddio ei chraith. Unwaith. Ddwywaith.

'Pryd tisho mi sdopio?' holodd Moelwyn.

'Dos rownd un waith eto.'

Gwnaeth hynny'n arafach fyth y tro hwn.

Gwelodd ef eu hadlewyrchiad hwy eu dau yn nhri drych y dresing tcibl.

'Edrach yn iawn i mi,' meddai o.

'Sdedda'n fanna tan ddo'i nôl.'

Y gwely, deallodd, oedd 'fanna'. Ma' raid hynny oherwydd yr oedd bocs o rywbeth ar yr unig gadair yn yr ystafell, cadair wicyr. Yn ofalus meddiannodd gymaint o'r erchwyn ag a feiddiai heb beri iddo syrthio ar lawr. Yr oedd cant a mil o bethau yn mynd trwy ei feddwl, a phetaech wedi gofyn iddo roi trefn arnynt ni fedrai.

Clywodd y dŵr yn y gawod. Clywodd hi'n hymian rhywbeth. Clywodd glec fel petai hi wedi gollwng y showyr jel neu'r shampŵ ar lawr y gawod. Peidiodd sŵn y dŵr. Clywodd sŵn bustachu. Clywodd sŵn drws y bathrwm yn agor. Meddyliodd Moelwyn y dylai fod wedi mynd i lawr y grisiau. Daeth hithau i'r ystafell wely'n ôl wedi ei gwisgo amdani'n llwyr.

'Ty'd,' meddai wrtho. 'Mi 'na'i banad i ni'n dau.'

'Dydd Llun 'di hi heddiw'n de?' ebe hi a fynta yn y portj ar fin gadael, 'Dydd Merchar fydda i d'isio di eto, Moels, i nghlingffilmio fi. Ta'r deg 'ma. Iawn?

Llythyr

'Sgarmes Heolydd',
Lôn Hallt,
Tre Trithwr.
25ain o Fawrth, 2021

Annwyl Tricsi,

Diolch am eich llythyr.

Dyma geisio rhoi ateb – neu 'ateb?' – gan hen seicolegydd fel fi.

A gawsoch atebion gan y ddau arall yr ysgrifenasoch atynt, y pregethwr a'r athronydd? Feiddiaf fi ofyn pwy oeddynt? Cofiwch mai gwlad geidwadol iawn yw'r Gymru Gymraeg ar y cyfan ym myd y 'meddwl' neu'r 'enaid' (dewiswch chi pa air).

Wel dyma ni. A yw bywyd ar ôl marwolaeth yn bosibl, yr ydych yn ei holi? Holi o wewyr, Tricsi? O fy mhrofiad, cwestiwn sy'n deillio o ing yw hwn bob tro.

Fy ateb cryno a gonest yw: Nac ydyw.

Yn fyr iawn dyma pam y dywedaf hynny.

Mae'n hollol ddibynnol ar y cysyniad o 'fi'. Cysyniad gwydn iawn, trybeilig o anodd yn emosiynol i'w ddisodli. Ond rhith ydyw. Nid oes y ffasiwn beth â 'fi' ar wahân i'r profiadau y mae'r 'fi' honedig hwn yn eu profi a'u byw, ac yn annibynnol ohonynt. Chwiliwch amdano ymhlith y profiadau rheiny ac nid oes arlliw ohono yn unman. Mae mwy o sylwedd i dwll!

Y mae'r ymdeimlad a gawn fod yna 'fi' yn ddibynnol ar ein hatgofion a'n harferion (yr 'habits' Saesneg). Yn wir, y cyfuniad cryf hwn o atgofion ac arferion sy'n creu yr ymdeimlad yr un mor gryf o 'fi'. Ar y gorau, math o gysylltair ydyw, tebyg i 'ac' neu 'a' mewn brawddeg sy'n creu patrwm allan o'r atgofion a'r arferion hyn a'u cydio ynghyd. Yn hyn o beth felly nid oes yna'r un 'fi' a eill oddiweddyd marwolaeth.

Ar ben hyn, Tricsi, materolydd wyf. Heb os, y mae'r meddwl yn fwy na'r ymennydd. Ond nid yw'n bosibl cael meddwl heb yr ymennydd. Pan mae'r ymennydd yn marw mae'r cwbl yn marw.

Ond gaf fi ddweud rhywbeth mwy gwerthfawr wrthych? Peidiwch â gwastraffu eich amser hefo cwestiynau nad oes fyth ateb digonol iddynt. Bywiwch fel petai hwn yr unig fywyd sydd ar gael. Byw bywyd o ryfeddu a dotio a llawnder pob munud.

A byw'n ffeind. Ffeind wrthach chi'ch hun ac o'r fan yno yn ffeind hefo'r ychydig – ac ychydig fyddan nhw – sy'n wirioneddol agos atoch. Ac efallai o'r ddau ffeindrwydd yna y medrwch fod yn ffeind wrth yr holl fyd. Ffeind hyd yn oed wrth y pethau sy'n ein bygwth ni.

Fy nghofion cynhesaf atoch,
M. Peredur Jenkins

'Tisho rwbath o Sheffield, Mam?'

Dyna oedd gofyniad Bethan, ei merch, i Tricsi Bevan.

(Bu Tricsi'n briod unwaith. A phan ofynnir iddi, Be' ddigwyddodd i'r briodas? yr ateb a geir yn ddi-ffael yw, 'Do, mi fuos i'n briod unwaith.')

Yn yr hen amser – C.C. ei hen fywyd – byddai wedi dweud: 'Dwi'm isho dim byd. 'Mond cael dy weld di. Mae hynny'n ddigon.' Nid bod yn gysetlyd oedd hi, nac ychwaith swnio'n fawrfrydig. Ni wyddai bryd hynny beth roedd hi ei eisiau. Nid oedd wedi talu sylw fawr i'w hanghenion ei hun. Erioed.

Ond bywyd O.C. oedd ei bywyd hi rŵan. A dyma un o'r pethau y mae cansar yn ei wneud: newid yr atebion i'r cwestiynau ffwr-bwt, di-ddrwg-didda yr ydym yn holi ein gilydd drwyddynt. Mae'r atebion rŵan yn drymach pethau. Ac fel arfer yn costio mwy.

Felly, 'Gad mi feddwl,' oedd ei hateb i Bethan. Er mawr syndod, dweud y gwir, i'r ddwy ohonynt.

'Arglwydd!' ymatebodd Bethan yn ddiweddarach y noson honno pan ffoniodd Tricsi i ddweud mai tocyn trên – 'nôl a blaen, cofia di!' – i weld ei ffrind Modlen Tickle ym Marseille oedd hi eisiau 'o Sheffield'.

'Rwbath fel cacan neu dorth surdoes o'r becws 'na dach chi'n 'i licio o' gin i mewn golwg,' ymatebodd Bethan.

'Duw,' ebe Tricsi, 'Dwi'di ca'l digon o gêcs a bara ar hyd'n oes.'

Gwenodd wrth roi'r ffôn i lawr, Bethan wedi cytuno i'w dymuniad, gan deimlo rhyw hyder braf yn tasgu o'r hunanoldeb rhinweddol hwn yr oedd hi newydd ei ddarganfod.

Siglen

Y mae ambell i fywyd o'r fath fodd fel y medrwch wrth ddynesu a chlosio fwyfwy ato deimlo rhyw iachâd yn hydreiddio eich bywyd eich hun: rhyw iâ mewnol yn meirioli, rhyw oerni yn y galon yn cynhesu, rhyw ddrwg yn y meddwl yn canfod amlinell daioni.

Bywydau plant ran amlaf. Ac ambell un oedrannus, ond prin iawn, sydd wedi mynd drwy'r drin, a gwisgo wedyn nid yn gymaint henaint ond doethineb.

Felly y digwyddodd i Tricsi Bevan.

Fel hyn y bu.

'Gwranda,' meddai Modlen Tickle wrthi ar y ffôn o ddeheudir Ffrainc, 'Ty'd yma am faint bynnag fynnot ti. Mi gei dy folicodlo. Haul a bwyd da a gneud dim byd. Gwin! Na, dim gwin, sori. Nesh i'm meddwl... Dyna be w't ti isho ar ôl y ffasiwn opyreishyn.'

'Wyddwn i ddim dy fod ti mewn cysylltiad hefo'r Modlen Parry 'na fel roedd hi. Be' ddudas ti oedd 'i snâm hi rŵan? Rwbath digon od fel hi ei hun. Dw't ti'n rhannu fawr,' oedd sylwadau Moelwyn Paganussi yr oedd hi wedi ei berswadio, er nad oedd angen perswâd, i'w danfon i'r maes awyr ym Manceinion, 'Mi yrri bos-card siawns. Tasa 'mond i ddeud yr amsar pryd fyddi di'n landio yn d'ôl.'

A dyma fi mewn gardd yn Provence yn chwarae mig â Joan, ŵyr bach Modlen; fo heb 'run gair o Gymraeg, finna hefo cnegwarth o Ffrangeg Lefel 'O'.

Mae o'n rhoi 'i ddwy law ar 'i wynab i gogio cuddiad. Dwinna'n gneud yr un peth. Y ddau ohonom ni'n ddall am eiliadau. Dan ni'n tynnu'r dwylo'n sydyn bron 'run adag. Dan ni'n dau'n cyd-chwerthin.

Mae gin i syniad. Mi 'r a'i tu ôl i'r goedan. Dwi'n gneud. Dwi'n cerddad yn ara' o amgylch y boncyff yn gwbod fod o'n gneud yr un peth ond o'r ochor arall. Dwi'n cyflymu. Fynta hefyd. 'Bw!' medda fi. A mae o'n glana' chwerthin. 'Eto?' medda fi. Ond mae o'n dangos i mi'r siglen sydd wedi ei chlymu ar gangen uwch ein pennau ni, y sêt wedi ei gosod i'w chadw'n ddiogel yn erbyn cangen arall. Dwi'n dalld. Dwi'n rhyddhau'r siglen a'r sêt. Dwi'n codi Joan a theimlo hyfrydwch ei asennau o drwy ei grys yn foddhad rhwng fy nwylo fi, a'i osod o ar sêt y siglen. Dwi o'i flaen o'n gwthio. Yn ara'. Dipyn bach cyflymach. Ffastach fyth. Ar ddamwain mae ei droed o'n taro'n erbyn 'y mol i. 'Aw!' dwi'n 'i weiddi yn cogio poen. Mae o'n chwerthin. Gwthio eto. Y droed drachefn yn fy nharo fi. Aw! Aw! tro 'ma. Mae o'n chwerthin fwy fyth. 'Encore,' medda fo. Dwinna'n cogio mwy o frifo. Encore, drachefn. Dwi'n troi 'nghefn a gwyro a gadael iddo fo roi cic i nhin i. Dwi'n smala redag i ffwrdd. Aw! Aw! Encore. Dwi'n ôl. Mwy o'r un peth. Cic i nhin. Aw! Aw! Encore. Encore. Aw! Aw! Encore. Aw! Aw! Encore. Yng Nghymru gair ar gyfer llwyfannau Eisteddfod ydy Encore. A Syr Bryn yn dychwelyd. Yma yn y gwres gair yr oeddwn i wedi bod yn chwilio amdano fo ydy o. Gair hogyn bach. Gair ar gyfer dynas sy'n raddol wella. Gair sy'n agor pethau. Gair iachâd.

Encore. Encore. Encore. Eto. Eto. Eto. Eto.

Lle Gwag

'Pan glwis di am...' ebe Modlen Tickle (Parry gynt) a gorffen y frawddeg drwy wneud ystum â'i phen i ddynwared rhywun yn penio pêl, 'Sdi...' ychwanegodd a throelli ei llaw er mwyn egluro'n well fyth.

'Na wn i,' meddai Tricsi.

'Duw, gwyddost yn iawn,' ebe Modlen yn cymryd sip o win o'i gwydr. 'Hwn,' a tharodd y gwydr â gewin ei bys, y gwydr yn canu fel cloch. 'Feddylis di...' a pheniodd bêl anweledig arall i gyfeiriad y gwydr.

Yr oedd Tricsi wedi penderfynu na fyddai'n ateb cwestiynau lle roedd winc, neu nod â'r pen, neu ystum â'r llaw, neu 'ti'n gwbod yn iawn', neu ''sdi', yn cymryd lle y gair 'cansar.' Nid oedd mwyach am ganiatáu llefydd gweigion tu mewn i iaith. Yr oedd hi wedi byw am ormod o flynyddoedd hefo ysgafndcr bylchau yn y brawddegau lle dylai geiriau trymion fod. Tyllau yn lle'r gwirionedd. Pan, a hithau'n blentyn, y gadawodd ei thad ei mam a hi, pesychiad ymhlith y geiriau fu ei thad fyth wedyn.

Ond na, nid oedd Tricsi wedi meddwl yfed glasiad o win ar ôl clywed fod cansar arni, yn hytrach croesodd ei meddwl yfed o leiaf gynnwys tri bragdy. Ond gwyddai na fyddai hynny'n ddigon. Felly ymataliodd rhag yfed dim.

'Mwydro dwi,' ebe Modlen. 'Dim otj siŵr dduw. Ti'm yn meindio mod i'n cymryd llymad yn dy ŵydd di nagwt. Gonestach nag yn dy gefn di fel dwi wedi bod yn gneud tan rŵan. Teimlo fel taswn i'n alco...'

'..Holic ... Paid ag ofni deud y gair. Gneud dim gwahaniaeth i mi,' meddai Tricsi. 'Withia, ond nid bob tro cofia di, ma cansar yn rwbath mor fawr nes 'i fod o'n gneud pob dim arall yn llai. Fel cariad, coelia neu beidio.'

Edrychodd Modlen yn hurt arni.

Yr aer Ffrengig yn gynnes. Porffor y nosi. Arogl jasmin yn amgylchynu'r ddwy.

'Dim,' ychwanegodd Tricsi.

Y Gyllell

Un o ardaloedd hynaf Marseille yw Le Panier; ei strydoedd culion a'u grisiau yn gweu a throelli am i fyny o'r gwaelod nid nepell o'r porthladd, y Vieux Port; llawn twristiaid erbyn rŵan, wrth gwrs... yn y siopau anrhegion, yn edrych ar y murluniau lliwgar, pryfoclyd. Yn prynu lafant. Yn eu mysg y pnawn hwn y mae Tricsi Bevan a Modlen Tickle, er nad yw Modlen yn hapus o gael ei gweld fel 'ymwelydd' a hithau wedi byw yma ers dros ugain mlynedd.

'Sut mae dy Ffrensh di?' holodd Tricsi hi un tro.

'Ma'r Ffrensh yn ocê. 'N acsent i ydy'r gif awê. Dim otj faint o focablyri sy' gin ti, os nad ydy dy acsent di'n ded on ma nhw'n gwbod. Ma'r Ffrensh yn od fela. Ma raid mod i'n dal i siarad Ffrensh hefo acsent Llanbabs fel ma rhei ohonyn nhw'n edrach arna i.'

Cofiodd Tricsi am y Moyles Padmore hwnnw yn mynd trwy'r gwasanaeth yn yr eglwys yn ei hieuenctid gan falu'n racs yr iaith Gymraeg hefo'i acen filltir neu ddwy o Hastings yn gwenu fel giât ar yr 'Amen' olaf yn meddwl ci fod o wedi gwneud strocan a'r Cymry i gyd yn canmol, wrth reswm. Gwlad wel done am drio ydy Cymru. Da iawn y Ffrancwyr.

Tra âi'r ymwelwyr eraill heibio, tynnu llun yr oedd Tricsi o garreg yn un o'r grisiau.

'Rag ti ddeud 'im byd,' ebe hi wrth Modlen, a oedd, gwyddai, yn teimlo cywilydd ohoni – yr oedd hi wedi teimlo hynny erioed tasa hi'n mynd at hynny er fod y ddwy wedi parhau'n ffrindiau ar hyd y bedlan – Modlen a oedd bellach yn wincio'n od ar bawb a âi heibio a chodi ei haeliau o bryd i bryd cystal â dweud: 'Dwinna hefyd yn gwbod nad ydy'r ddynas 'na ar 'i chwrcwd yn fanna'n tynnu llun o sdepan ddim llawn llathan.'

'Sbia!' ebe Tricsi yn dangos y llun ar ei ffôn iddi, 'Sbia'r pant hyfryd 'na yn y garreg. Ma nhw hyd bob man, y pantia', os w't ti ddigon craff i sylwi. Traed cerddwyr yr oesau wedi treulio a gwisgo carreg yn bant llyfn i'r llygad a'r teimlad. Ti ddim yn gweld hwn,' – a daliodd y llun eto o dan drwyn Modlen – 'yn debyg i gledr llaw?'

'Yndw, yndw. Ty'd wir dduw,' a gwenodd ar ymwelydd arall yn mynd heibio i ddynodi ei bod ar fin hebrwng ei chyfeilles sâl yn y pen o ffordd pawb.

'Reit,' meddai Tricsi, 'ma' 'na siop oluf oil yn rwla yn fama. Dwi'n cofio o'r tro o'r blaen. A mi roedd o yr oluf oil o'r radd flaena'. A siop gneud cyllith. Carn onnen a llafn peryglus o finiog ar bob cyllath, motj faint oedd 'u seis nw. Mi ddyfaris beidio prynu un o'r blaen. Ond heddiw mi wna i. Ty'd!'

Yr oedd ynddi fwrlwm a brwdfrydedd.

Pan ofynnir i bobl sut daethoch chi drwy'r peth-a'r-peth, etyb rhai drwy ddweud y gair 'Duw', eraill drwy honni iddynt 'gael rhyw nerth o rywle'.

'Duw', 'nerth' – bywyd ei hun mae'n debyg yn hyrddio am ymlaen a llorio – am gyfnod, beth bynnag – yr hyn sy'n ceisio ei rwystro a'i ddifetha. Y math o hyrddio penderfynol a eill wisgo carreg gallestr yn y man yn bant llyfn tebyg i feddalwch cledr llaw.

A rhwbiodd Tricsi ei bys yn erbyn llafn gloyw y gyllell, a theimlodd ei miniogrwydd yn goglais ei chroen, maint eiliad i ffwrdd o'i dorri, dynes y siop a'r Fodlen ddi-wên bellach yn edrych arni.

'Hon,' meddai mewn gorfoledd yn rhoi'r gyllell a'r iwros i wraig y siop.

'Yr oluf oil rŵan,' meddai wrth y Fodlen chwys laddar tu allan i'r siop.

Anton Tjecoff

Yr oedd digon o amser wedi mynd heibio ers y bore Gwener hwnnw, fis Chwefror 11eg am ddeg y bore, i alluogi Tricsi i gael rhyw lun ar wrthrychedd. Yr oedd brath bleiddaidd gorfod dweud 'Mae gin i gansar' bellach wedi troi'n gnoi-blaen-slipas ci bach, a'r *gorfod* dweud wedi cyrraedd *medru* dweud.

Beth oedd wedi peri i hyn ddigwydd? Amser ei hun wrth fynd rhagddo yn diosg trymder pethau? Yr ymarferiadau anadlu yr oedd hi wedi eu dilyn ar-lein o ryw wefan Fwdaidd? Yr Amitriptyline, y dywedodd y doctor wrthi ei fod yn 'eithaf da at bethau fel hyn. Hen gyffur wedi profi ei hun.'? Y gallu rhyfeddol mewn pobl i fedru dygymod â phob dim yn y diwedd? Haul a newid lle? Y cwbl o'r rhai hyn?

Ond hefyd Anton Tjecoff.

A dyma hi ar y Vieux Port ben bore – 'Watja dy hun' oedd sylw Modlen Tickle wrthi pan ddywedodd y byddai'n mynd yn blygeiniol i grwydro'r porthladd, 'Ma 'na edj i Marseille cofia di' – y Notre Dame de la Garde yn gloywi yn yr haul cynnar oedd eisioes yn boeth, hithau ar ei hail goffi wedi gorffen darllen Y Llythyr, Tjecoff. Stori fer yn disgrifio Anastasi, hen offeiriad meddw yn ymbil ar y Diacon Lyubimov i beidio ag anfon llythyr llawn bustl moesol at fab afradlon y Diacon – llythyr a ysgrifennwyd ar ei ran gan hunan-bwysigyn eglwysig arall. Er penderfynu anfon y llythyr, y mae'r Diacon yn ychwanegu ar y diwedd ryw hanesyn bychan, diddrwg-didda ond personol, a thrwy wneud hynny mae'n tanseilio yr holl foesoli hunangyfiawn. Tjecoff ar ei orau yn canfod llwybrau trugaredd pobl tuag at ei gilydd.

Yr oedd rhywbeth am ddarllen Tjecoff a wnâi i Tricsi deimlo'n well. Nid oedd yn ei storïau ormes daliadau, bwrn eidioleg, chwipiadau credoau, nid oedd gan Tjecoff ateb i ddim byd – dim ond pobl ym mlerwch aml eu bywydau yn ceisio weithiau ryddhau eu hunain o'r holl strach, ac o bethau eraill – siomedigaethau mewn cariad, er enghraifft – a byw orau gallent.

Yr oedd y Doctor Tjecoff yn drugarog yn ei ddiagnosis o 'afiechydon' byw, ac yn gwrthod rhoi pilsen fetaffisegol nad oedd yn y diwedd yn ddim ond tonic llawn dŵr a lliw a siwgwr. Dangos dilysrwydd bywyd fel ag y mae a wna bob tro yn rhydd o garchardai 'Da' a 'Drwg'. Mae'n debyg na fyddai Dostoiefski na Tholstoi yn da i ddim i rywun hefo cansar. Mae awduron neilltuol ar gyfer pob salwch, mae'n debyg.

Yr oedd Tricsi sbel yn ôl wedi copïo i'w llyfr nodiadau ran o lythyr a anfonodd Tjecoff at ei chwaer Masha: 'Deud wrth Mam... ar ôl yr haf daw'r gaeaf, wedi ieuenctid henoed, wedi hapusrwydd anhapusrwydd... ni all unigolyn fod yn iach ac yn llawn bywyd drwy gydol ei hoes, mae colledion wastad yn ei haros, ni all osgoi marwolaeth hyd yn oed petai'n Alecsander o Facedonia – felly, rhaid i rywun fod yn barod ar gyfer unrhyw beth a'i dderbyn fel rhywbeth na ellir ei osgoi, ac angenrheidiol pa mor drist bynnag y bo. Yn unol â'n cryfder boed i ni wneud ein dyletswydd a dim mwy.'

Ail-ddarllenodd Tricsi frawddeg yr oedd hi wedi ei thanlinellu gynnau: 'Llanwyd ei ben gan feddyliau braf, cynnes, trist – y math o bethau y medrwch dreulio eich holl fywyd yn meddwl amdanynt heb gael eich blino fyth ganddynt.'

Ffisig o frawddeg. Iddi hi y bore cynnar hwn. Nid i neb arall, efallai. Ond yn sicr iddi hi. Brawddeg mendio.

Heb anghofio, wrth gwrs, fod Tjecoff yn ddyn gwael pan oedd o'n ysgrifennu hyn. A'r hen ddealltwriaeth 'na sy'n bodoli rhwng dioddefaint a chreadigrwydd.

O'i blaen ymestynnai'r dydd a'i bosibiliadau bychain.

Amrywiol.

Dynol.

Trompe l'oeil

Amhosibl, wrth gwrs, yw gwybod beth sydd yn digwydd yng nghalon rhywun arall. Ffuantrwydd yw dweud ein bod yn adnabod ein gilydd. Dyfalu a wnawn ran amlaf. A'r hyn a ddywedaf amdani hi yn fan'cw yn fwy cywir amdanaf fi yn fan hyn. Ynysoedd ar wahân ydym, a môr ffug-wybodaeth yn golchi ar ein traethau unig. Hyn i rai yw ein dirgelwch.

(Clywaf Tricsi'n dweud, 'Mi rwyt ti'n mynd ar 'n nyrfs i hefo dy falu cachu athronyddol mawreddog.')

Ond yr un yw ofn i bawb – y cylla'n cnoi, yr ysictod. Yr un peth yw emosiwn cariad i ni gyd: y gwybod am rŵan, beth bynnag, nad oes neb tebyg iddi hi neu fo; y syrthio o bedastl cydbwysedd i'r rhemp dwim-isho-neb-ond-chdi; yr ewch i'r diawl wrth bob dim a phawb oddigerth gwrthrych fy nghariad.

Mae pawb yr un fath yn y diwedd. Nid oes yna unrhyw ddirgelwch felly. Unffurfiaeth hefo enwau gwahanol sydd yna. Mi wn i'n iawn sut yr wyt ti'n teimlo oherwydd fy mod innau wedi teimlo'r un peth. Dim ond yr amseru sy'n wahanol. Bioleg yw hyn. Bioleg yw popeth. Amrywiaeth ar yr heglu neu'r herio – y *fight* or *flight* bondigrybwyll Saesneg.

Dwi'n deud hyn i gyd oherwydd dwi newydd weld Tricsi Bevan yn mynd i mewn i'r Gadeirlan yn Chambéry.

Dwi wedi cael uffarn o sioc; maddeuer y rhegi. Fy ffrind pennaf i yn mynd i mewn i *Gadeirlan*. A hithau wedi dweud wrtha i – wedi addo, sy'n waeth fyth – fod pob ofergoel wedi ei wahardd o'i bywyd hi.

Ond ai dyna be' mae cansar yn medru ei wneud? Dŵad a fo'n ôl, yr ofergoeliaeth? Pobl desbret yn gneud pethau desbret. 'Sgwn i ydy Tjainis Medusyn wedi croesi ei meddwl hi? Neu rhyw goncocshyn hefo piso dryw bach a halen pinc o Tibet?

Dyna sydd i'w gael am ddefnyddio ymadroddion fel

'brwydro'r cansar'. Hefo'r brwydro bondigrybwyll hwn fe fydd raid i chi wrth gymorth byddinoedd yr afresymol.

Tirwedd mewn ffrâm gan Claude Lorrain un munud, daeargryn yn hollti tirwedd arall y munud nesaf. Fedrwch chi ddim dewis a dethol o blith natur. Ildio'n ddi-gŵyn i'r cyfanrwydd yw'r rheidrwydd arnom.

Ond hwyrach mai licio'r distawrwydd y mae hi a'r hanner tywyllwch nodweddiadol o gadeirlannau. Canhwyllau'n wincio o'r corneli, a gwrido wyneb ambell sant: Sierôm yng ngheg ei ogof, Pedr ar ganol gwadu, wyneb parhaol ieuanc pob Mair.

Ydy hi, tybed, wedi dirnad wrth edrych ar y patrymau geometrig ar y nenfydau, a'r cerfio ar y pileri, mai ffug yw'r cyfan? Paent i dwyllo'r llygaid â'r dull trompe l'oeil. Mae diwinyddion yn gwneud yr un peth â geiriau, inc yn hytrach na phaent. Duw yn ddim byd ond trompe l'oeil ar waliau'r cosmos a natur wedyn yn deml ffals iddo.

Fedra i ddim credu fod Tricsi Bevan, fy ffrind pennaf i, newydd gynnau cannwyll, llewyrch y fflam yn euro llaw Sant Ffransis, y law yn gorwedd â'r tynerwch mwyaf ar gorun blaidd.

Dwy bowlen

Fel dyn canol oed, ei wyliau siomedig wedi dyfod i ben, yn glanio ym maes awyr Manceinion mewn trwsus cwta, a choed palmwydd gwyrdd hyd ddefnydd ei grys llewys bach a hithau'n piso bwrw y tu allan: petai hyn'na i gyd yn deimlad, yna'r teimlad hwnnw oedd wedi meddiannu Tricsi Bevan wrth iddi edrych ar y ddwy bowlen a brynodd ar y Vieux Port ym Marseille – 'Ia, wn i ma' twrusd trap ydy fama. Ond gad 'mi. Dwisho. Mi rwyt ti'n iach,' harthodd yn siarp ar Modlen Tickle oedd wedi ceisio ei rhwystro rhag gwario'i harian yn ofer ar ddwy hen bowlen rad, gor-ddrud.

Un bowlen felen, un bowlen goch ar y bwrdd brecwast drannoeth ei dyfod adref yn ôl.

Ym Marseille yr oedd y melyn yn felyn van Gogh; y coch yn goch Gauguin. Yma adref yr oedd y lliwiau wedi pylu. Waeth iddi fod wedi prynu powlen frown a phowlen lwyd ddim adra'n fama'n farchnad Dre' ar fora Sadwn glyb.

Cymraeg oedd iaith ei chanser, dirnadodd.

Plu'r Gweunydd

Gwelodd Tricsi un bioden ar ben to'r tŷ dros ffordd, a dechreuodd chwilio am y bioden arall... ond cywirodd ei hun rhag y ffasiwn ofergoeliaeth, efallai pan welodd Moelwyn Paganussi wedi iddo barcio'n bwyllog yn dyfod allan o'r car mewn siwt, crys a thei, a *brogues* am ei draed.

'Iesu Grist o'r nef,' meddai wrtho pan gerddodd i mewn i'r tŷ – roedd ganddo ei oriad ei hun erbyn hyn – 'Ti'n dalld 'n bod ni'n cerddad i fyny'r mynydd at y gaer yn dwyt?'

'Yndw'n tad. Pam?'

'Wedi dy wisgo fela!'

'Mae isho gwisgo'n grand ar gyfer dê owt.'

'Cerrig, creigia, serthedd, falla dwtj o wlybaniaeth yn enwedig yr ochor arall i'r gaer rhwng y ddau gopa. Hyn'na i gyd mewn *brogues*?'

'Mi fyddai'n tjampion. Fedar neb ddreifio'n saff mewn bŵts,' meddai Moelwyn yn edrych ar y sgidiau cerdded am draed Tricsi, Tricsi a ddechreuodd besychu, Moelwyn yn rhyw godi ei freichiau i'w chyfeiriad, 'Na, dwi'n iawn,' ebe hi, 'llyncu mhwiri'n groes wedi dy weld di mewn rigowt swyddfa twrna hen ffasiwn.'

(Un tro, a hithau mewn pwl o beswch a barodd i'w chraith frifo'n enbyd, gofynnodd i Moelwyn, a oedd yn digwydd bod wrth law ar y pryd, 'Dal fi,' – a hynny wrth reswm yn lliniaru'r boen yn ei chefn a'i hochor – a 'Medical hyn, cofia di,' meddai wrtho wedyn.)

A hwythau ill dau bellach ymhlith adfeilion eang Tre'r Ceiri – dim yn bad medru cyrradd fama, meddai Tricsi wrthi ei hun, lai na deng wsos ers y lawdriniaeth – Moelwyn yn llacio ei dei, a wedyn rhwbio blaen y *brogues* â blaen hances boced yr oedd o wedi ei thampio â'i boer – o'r uchder hwn amser cinio ddydd Mawrth poeth ganol Mehefin edrychasant ar y golygfeydd syfrdanol, o Eryri ar hyd arfordir Bae Ceredigion hyd at Sir Benfro, Bae Caernarfon ar hyd Afon Menai, Caernarfon ei hun, Abermenai, Caergybi yn y pellter. Gallai weld Cader Idris, Pumlumon, bron iawn Gymru i gyd – o leiaf y Gymru oedd yn arwyddocaol iddi hi – a'r rhyfeddod fod y wlad a'i hiaith cystal, a'i bod hithau hefyd cystal. Yng nghanol adfeilion a oedd o hyd yn medru mynegi, er hynafed oeddynt, gadernid ac amddiffyniad. Cyffyrddodd â'i hochr lle roedd ei chraith a theimlodd lawenydd. Roedd hithau fel Tre'r Ceiri nid yn adfail ond rhywsut yn gyfan o hyd.

A chlywodd ddeunod y gog.

Newidiodd rhywbeth ynddi.

Dirnadodd mai, ar un wedd, cog oedd ei chanser. Un gell yn ei chorff fel cog wedi dodwy ŵy anghydfod yng nghanol nyth y celloedd iach a hwythau yn eu diniweidrwydd wedi hybu deor y dieithrwch difâol hwn yn eu plith. Ond eto y canol dydd hwn – edrychodd ar ei watj – ie, y canol dydd hwn – nid oedd dim yn llonni ei chalon yn fwy na cwc-w! cwc-w! Sŵn nad oedd wedi ei glywed ers – be'? – pedair blynedd? Mwy? Prinder cogau yn arwydd sicr o'r newid hinsawdd. Y tymhorau wedi eu drysu. Y cogau wedi eu drysu. Ond dyma ni: cwc-w, cwc-w. O'r goedlan yn fancw islaw? Ynteu o'r llethr ar y copa arall? Cwc-w. Cwc-w. Dim otj lle roedd hi. Melys, melys oedd ei chlywed. Mae melltith a bendith ym mhopeth. Cansar fel cog a'r gog go-iawn y munud yma'n peri iddi wirioni. Cwc-w. Cwc-w. Roedd hi, Tricsi Bevan, yn fyw. Ymhlith adfeilion Tre'r Ceiri. Ac adfeilion rhannau o'i chorff ei hun. Roedd hi'n fyw. Cwc-w. Cwc-w. Nid unrhyw fywyd. Nid bywyd yr oedd yn rhaid ei ganfod drwy gyfrif colledion. Ond Bywyd yn ei Grynswth Mawr: pob colled, pob caffael; hanes a heddiw; adfeilion a'r meini bywiol hyn; cnawd mewn cleisiau a chnawd yn mendio. Cwc-w. Cwc-w.

Islaw yn y cwm rhwng y ddau gopa gwelodd wynder yn symud. Plu'r Gweunydd, gwyddai. Dywedodd yr enw: Plu'r Gweunydd. Plu'r Gweunydd. Plu'r Gweunydd. Geiriau a oedd o'r un trymder â phetai rhywun wedi dweud wrthi: Cyfod dy wely a rhodia... Plu'r Gweunydd. A chyffyrddodd â'i hochr. Nid iaith ar fin trengi oedd hon wedi'r cyfan fel roedd hi wedi meddwl ers blynyddoedd. Ond iaith iachâd. Roedd meddyginiaeth yn ei geiriau hi. Y Gymraeg. Plu'r Gweunydd, meddai eto.

Bu bron iddi â dweud wrth Moelwyn Paganussi – ei wyneb hogyn ysgol o erbyn rŵan yn goch bîtrwt, ac yn rhwbio ei dalcen â'i hances boced i gael gwared o'r chwys – bu bron iddi ddweud wrtho: 'Gei di afael amdana i go iawn. Anghofia'r medical.'

Ond nid oedd am roddi iddo obaith di-sail.

Iddo ef. Nac iddi hi.

'Ti'n iawn?' meddai ef yn edrych arni hi'n edrych arno ef.

'Grêt,' ebe hi.

Cwc-w. Cwc-w.

Taith Geiriau

O syllu'n iawn a gwahanu'r llythrennau i edrych – yn union fel y mae rhywun yn chwilio am chwilod ddeilen wrth ddeilen mewn letysan o'r ardd – does 'na fawr o ddim byd deniadol tu mewn i 'anfarwoldeb'. Rhyw gythru amdano'n ddi-feddwl a wneir.

Faswn i ddim isho byw mewn lle o oleuni parhaol. Dwi'n licio'r nos ormod. Distawrwydd yr oriau mân. Dirgelwch siâp annelwig rhywbeth sy'n ddiflas amlwg yng ngolau'r dydd. Yn blentyn, anghenfil yn peri dychryn melys yn y düwch yn ddim byd ganol bora ond siomiant wordrob. Fuo fi erioed yn hapus hefo gormod o eglurder.

Fyddwn i ddim isho heddwch di-drai. Dwi'n licio gwingo ormod. A rhinwedd sawl sgarmes. Tyndra anfodlonrwydd. Y chwilio am rywbeth gwell ym mhob ymrafael.

Yr unig beth sy'n gwneud rhywfaint o synnwyr i mi, ac a ddymunwn i, ydy taith geiriau: geiriau a fu ynof fi yn trafaelio'r canrifoedd i arffed meddyliau rhywun arall.

Geiriau fel 'mam'; 'lluest'; 'porffor' a fu'n ddilćit o'u clywed a'u dweud gennyf fi, Tricsi, yn cyrraedd parlwr calon rhyw hi arall hollol na wn i ddim amdani na hithau amdanaf fi. Ond y geiriau'n gynnes ynom ni'n dwy. Ac yn edliw yr un pethau.

Cynefin

A dyma hi y prynhawn hwn am y tro cyntaf ar ôl y lawdriniaeth yn cael nofio eto; ei dull hi o nofio, wrth gwrs – ni chafodd erioed ond dwy wers – y graith o'r golwg o dan ei siwt nofio.

Nofio môr yn unig a wnâi Tricsi; mwy o le, fel y dywedodd unwaith. Nid oedd hi balchach o bwll nofio a'i ogla clorin, y llefydd newid yn drewi o ogla chwys ac yn llawn ferwca.

Yr oedd y dŵr heddiw yn bleserus o oer a bron yn ddi-don. Rhyw ymchwydd babi bach yn cysgu'n unig. Y llanw'n llawn.

Tynnodd ei hanadl am i mewn. Wedyn fel petai hithau wedi ei gwneud o wlybaniaeth tywalltodd ei hun i'r dŵr. Medrai aros fel hyn o dan y dŵr am ddeuddeg eiliad cyn dyfod yn ôl i'r wyneb, troi ar ei chefn, ei breichiau ar led fel petai ar fin croesawu'r awyr las i'w choflaid, ei choesau'n syth ond hyblyg, nid yn stiff. Ac arnofio.

Ei chorff yn mynd i fyny ac i lawr yn ysgafn bach.

Teimlodd bethau iachus yn ymledu drwyddi.

Clywodd o'r lan Moelwyn Paganussi yn gweiddi. O godi ei phen medrai ei weld yn pwyntio at rywbeth.

Dyfod mae'n rhaid a wnaethant o'r ochr arall i graig y castell: y ddau lamhidydd, mam a'i hun bach.

Yr oedd nifer ar y lan wedi ymgynnull i'w gwylied.

Daeth llamhidydd mwy ei faint – y tad – eto o'r ochr arall i graig y castell.

Y tri ohonynt hefo'i gilydd rŵan yn symud yn fwâu rhythmig ar hyd wyneb y dŵr.

Meddiannwyd Tricsi gan eu dieithrwch hollol yn eu cynefin dyfrllyd. Hithau yn y cynefin hwnnw hefo'i nofio clogyrnaidd fel ymwelydd dydd oedd yn tresmasu, fel yr oedd cansar wedi tresmasu yng nghynefin ei chorff hithau.

Eto yr oeddynt yn annatod: Tricsi, y llamhidyddion, cansar, y môr, y rhai oedd yn gwylied ar y lan, Moelwyn Paganussi siwtiog, yn ei esgidiau *brogues* ac a fyddai yn y munud yn dal y tywel yn llydan ar agor rhwng ei ddwylo yn barod i'w lapio amdani, ei lygaid wrth gwrs ar gau; neb yn tresmasu ond yn dwfn berthyn i'w gilydd yn y cynefin mwy hwnnw a elwir gennym yn Natur, sy'n ymddangosiadol weithiau o'n plaid, yn ymddangosiadol dro arall yn ein herbyn, oherwydd yn yr ystyr orau bosibl nid yw'n malio. Dirnad y dihidrwydd hwn yn y bôn yw ein hachubiaeth – i'r rhai, wrth gwrs, sy'n chwilio am achubiaeth.

Yr oedd Tricsi bellach ar y lan a thywel yn ei gorchuddio. Moelwyn Paganussi y tu ôl iddi, ei ddwylo'n ysgafn, dyner ar ei hysgwyddau, y ddau gydag eraill yn edrych i dawelwch araul y môr, lle roedd gynnau y llamhidyddion. Ond rŵan wedi mynd.

'Mor lwcus fuoch chi,' meddai rhywun wrthi, 'i fod mor agos atyn nhw. Fel petaech chi wedi cael'ch dewis.'

Heddiw

Yn wahanol i ddoe, a hithau, Tricsi, hefyd yn wahanol, dim ond un llamhidydd oedd yn crymu drwy'r dŵr yr heddiw brwnt hwn, fel petai rhywun yn ei chythraul wedi cipio'r ail C Seisnig o Cric ieth a'i thaflu yn ei dicter i'r môr. Y cymylau uwchben yn codi eu dyrnau yn yr awyr.

William Tell

Gwrando yr oedd Tricsi ar agorawd William Tell ar Classic F.M.

Y Swistir oedd gwlad William Tell, meddai wrthi ei hun.

Yn y Swistir y gwneir rhai o watjis gorau'r byd.

Yr oedd gan Moelwyn Paganussi gyllell Swiss Armi. Holodd ef unwaith: 'Oes 'na feic hefyd yn cuddiad tu mewn i garn y gyllath 'na?' Ac yntau wedi gwirioni dangos holl gyfrinachau'r gyllell ryfeddol iddi. 'Sbia, tun opnyr!'

Banciau'r Swistir yw'r lle gorau i bobl ddrwg guddied eu harian. Neu o leiaf fela roedd hi.

Nesquik oni'n licio ora pan o'n i'n blentyn. Yr un blas banana. Cwmni o'r Swistir oedd *Nesyls* fel y dywedai pawb yr enw rownd fan'cw.

Heidi.

Emmental.

Cwcw clocs...

Popeth yn y Swistir.

Goleuadau

Y bore hwn yr oedd Tricsi'n gwybod ei bod yn holliach.

Wedi'r cyfan yr oedd hi wedi dreifio i'r Dre' a phob un o'r goleuadau o'i phlaid yn wyrdd. O wyrdd i wyrdd yr aeth hi.

Dim rhwystr o gwbl.

Dros y Swnt

Bellach yr oedd lliw wyneb Moelwyn Paganussi yn efelychu lliw'r ewyn oedd ar gopaon y tonnau; a chopaon oedd y gair iawn oherwydd mynyddoedd oedd y tonnau rheiny.

'Fydd ddim raid ti boeni 'run iot,' addawodd Tricsi wedi iddi hi ddweud wrtho y byddai ei bresenoldeb ar Enlli o gaffaeliad mawr iddi hi, ac wrth reswm byddai'n brofiad bythgofiadwy iddo ef, ac yntau wedi dweud wedyn na ddeuai fyth oherwydd yr oedd o'n sâl môr dragwyddol, 'Mae'r môr yn ddi-ffael fel llyn llefrith bob tro fydda i'n croesi'r Swnt.'

Ychwanegodd abwyd arall: 'A ma' 'na ha' y tir mawr a ha' Enlli. Mi wirioni ar ha' Enlli. Mae o'n boethach. Meditaranian withia.'

Hwyrach mai hynny a wnaeth y tric, oherwydd dyma nhw eu dau ar y gwch. Un yn eistedd yn ddigon cyfforddus. A'r llall ar fin chwydu ei berfedd.

Ond un gwahaniaeth heddiw, yr oedd ei chefn at yr ynys. Yn y gorffennol edrych i gyfeiriad Enlli a wnâi wrth fordeithio yno. Yr oedd y tir mawr yr oedd hi'n ei adael o'i blaen heddiw.

Yr oedd pethau o chwith. Gweld y gadael. Dynesu at yr hyn na welai.

Y llynedd ar yr ynys yr oedd ganddi ddwy aren.

Ers pedair blynedd ar hugain yr oedd hi wedi dyfod i Enlli bob haf am wythnos. Lle saffaf ei bywyd. Beth bynnag ddigwyddai iddi weddill y flwyddyn yr oedd cyrraedd Enlli yn ernes o ddiogelwch a bod popeth rywsut yn iawn. *Lle* ac nid cred, nid daliad oedd yn hanfodol iddi. Enlli oedd y lle.

Fel yr hed y frân, rhyw ugain milltir, os hynny, o'i hadref oedd yr ynys... Yn emosiynol yr oedd hi ym mhen draw'r byd.

Heddiw nid oedd hi'n deisyfu môr llonydd, dirnadodd. Y môr tymhestlog oedd ei dymuniad. Roedd hynny'n gydnaws â'i phrofiad diweddar. Nid anghofio'r cansar oedd ei hangen –

camddefnyddio Enlli fyddai hynny tasa hi'n mynd yno hefo'r agwedd yna – ond ei ddirnad fel rhan o rywbeth mwy ac eang. Edrychodd eto ar wylltineb y môr: natur y dinistrydd sydd yr un mor ogoneddus â natur y crëydd. Un natur ac iddo ddau wyneb.

Dwylo fel rhawiau, anfamol y tonnau yn ysgwyd y gwch oedd eto'n grud iddi.

Hwiangerddi'r ddwy injan.

Nid colled oedd yn Tricsi ond gwahaniaeth. Yr oedd ynddi agorfeydd na eill ond salwch eu rhoi.

Nid oedd y Tricsi hon erioed wedi bod ar yr ynys o'r blaen.

Ond yr oedd rhyw ysictod difrifol wedi cydio yn Moelwyn Paganussi.

Yr oedd o wedi cytuno i ddyfod gyda hi i Enlli, ynys y seintiau, nid fel cwmpeini'n unig – roedd gas ganddo'r gair 'cwmpeini' bellach – ond rhag ofn... yn y gobaith o anlladrwydd. Dyna yr oedd o wedi ei obeithio hefo Tricsi Bevan erioed. Ond debyg mai dim ond os arhosant fel gobeithion y caiff rhai pethau eu gwireddu. Nefoedd o hyd mewn disgwylgarwch; uffern yn y cael.

Yn fwriadol meddai Tricsi wrtho: 'Faint ddudas di o'r sosij rôls neis 'na ddoist ti hefo chdi o Fecws Islyn?'

Pâr o Esgidiau

Y llynedd yr oedd Tricsi wedi cuddied pâr o esgidiau yn y to yn Llofft Plas. Esgidiau a elwid gan y cwmni a'u gwnaeth yn esgidiau ôl-rhedeg. Gimic, wrth gwrs. Ond esgidiau ysgafn fel pluen. Eu gwadnau'n gyfforddus. Eu blaenau a'u hochrau o ddefnydd rhwydwaith. Ond yr oeddynt wedi gweld dyddiau gwell. Mewn geiriau eraill, yr oeddynt wedi malu.

Yn hytrach na'u taflu rhoddodd Tricsi hwy mewn bag plastig a'u gosod yn y twll yn y to ar gyfer y flwyddyn nesa'.

Cofiodd hynny ar y fordaith, a'r flwyddyn nesa' yn eleni.

Dadbaciodd hi a Moelwyn eu pethau yn gyntaf er mwyn, gwyddai hi, gynyddu ei chwilfrydedd. Edrychai o bryd i bryd i gyfeiriad y twll yn y to.

Ni wyddai neb am yr esgidiau ond y hi. Mae rhyw felyster od mewn cyfrinachau.

Rŵan mae hi'n agor y drws yn y to, rhoi ei llaw rownd ymyl y pared.

Yno maen nhw. Y bag plastig yn lwch byw.

Yr esgidiau oddi mewn yn ddilychwin. Mae hi'n eu gwisgo.

Rhodia.

Holi

'Be' dan ni'n mynd i neud heddiw?' holodd Moelwyn Paganussi hi y bore wedyn.

Anwybyddodd Tricsi ef oherwydd un o gwestiynau'r tir mawr oedd hwnnw.

'Watja lithro...'

Darparu'r gwch gachu – cyfieithiad Tricsi o ymadrodd a glywodd ac a hoffodd un tro gan ymwelydd o Sais: shit shuttle – yr oedd Moelwyn Paganussi am ddeng munud i saith y bore hwnnw.

Mor falch yr oedd hi, Tricsi, nad oedd raid iddi gyflawni'r weithred anghynnes hon yr wythnos yma.

'Does 'na'm byd iddi hi,' esboniodd wrth y Moelwyn wastad barod, 'Cwbwl ti'n neud ydy codi'r fwcad o'i chawell bren; gei wisgo menig rybyr os tisho, fydda i byth yn gneud; wedyn ei chario hi drwy'r ar', does ddim raid ti sbio i'r fwcad, a rownd talcan y tŷ i'r cae lle weli di botia plastig gwyrdd tebyg i siapia cychod gwenyn, agor caead yr un sydd wedi ei farcio hefo saeth mawr gwyn, a wedyn arllwys cynnwys dy fwcad i mewn ar ben be' sy' 'na'n barod. Mi fedri gau dy llgada os tisho. Mi fedri ddeud o'r sŵn pan mae pob dim drosodd. Watja lithro os di hi'n 'lyb. Gwlith a ballu. A g'na fo cyn 'mi godi. Mi fydda i'n licio pwcad lân beth cynta'n bora. A gofala fod 'na ddigon o faw lli' yn y bwcad fach arall yn y tŷ bach, nei di? 'Sa'm byd gwaeth na methu huddo cynnwys y fwcad am dy fod ti wedi rhedag allan o faw lli'. 'Na'r hogyn.'

O'i gwely clywodd Tricsi sŵn y giât i'r cae yn agor, a Moelwyn – washi! – yn amlwg yn cyflawni'r weithred hollol angenrheidiol hon o wagio'r fwcad. Hithau'n glyd yn ei gwely, a'r byd yr adeg hon o'r dydd, dirnadodd – heddiw beth bynnag – yn lle ffeind.

Ond yr oedd Moelwyn rŵan yn difaru gwisgo'r jogyrs yn lle trwsus go-iawn oherwydd gallai ei deimlo'n gwingo ei ffordd i lawr dros ei gluniau, y fwced yn ei law. Dylai fod wedi sefyll i fyny yn erbyn taerineb Tricsi mai jogyrs 'mae pawb yn ei wisgo ar Enlli.'

'Ond mi fydda i'n edrach yn flêr,' oedd ei unig amddiffyniad ceiniog a dima.

'Mae Enlli a blerwch yn gyfystyr â'i gilydd,' oedd ei hymateb terfynol hi.

Rŵan gwyddai fod y jogyrs felltith wedi mynd yn is na'i gluniau, a bod rhych ei din yn amlwg. Teimlodd yr oerni rhwng y ddwy foch.

Serch hynny, medrodd agor caead y 'cwch gwenyn' ac arllwys cynnwys slempiog y fwced ar ben carthion y misoedd cynt.

Ynys y corff a'r cnawd oedd Enlli – er gwaethaf y rhai a ddeuai yma i chwilio am enaid ac ysbryd. Ynys lle roedd y corff a'i angenrheidiau yn hollol amlwg heb eu cuddio gan gontrapshyns a moethau cyfoes y tir mawr a'r hyn a elwir yn gamarweiniol braidd yn ddiwylliant drwy gladdu'r gwyllt a thaflunio'r derbyniol. Nid oedd hi'n ynys ogla' da. Ynys dinoethi ydoedd. A chyntefigrwydd. Nid oedd dim yn dangos hynny'n fwy na'r gwch gachu a'i symylrwydd. Ac os oedd yna enaid neu ysbryd, rhywle yn y corff a'i unplygrwydd yr oeddynt, nid ar wahân i'r corff hwnnw. Cnawdol yw enaid yn y diwedd.

Clywodd Tricsi sŵn y giât yn cael ei chau. A Moelwyn Paganussi yn dychwelyd hefo'i fwced wag... ei flys amdani hi, gwyddai'n iawn, efallai wedi meirioli rywfaint yn yr awr blygeiniol hon, ac wedi gorchwyl ffiaidd o'r fath... neu wedi ei weddnewid, fel sy'n digwydd i flysau heb eu diwallu, i greadigrwydd gwahanol megis ei garedigrwydd mawr tuag ati hi.

Gwenodd Tricsi.

Ogof Elgar

Hen bâr o drowsus hefo tylla yn ei bocedi fu ysbrydolrwydd i Tricsi erioed. A chan fod Enlli yn lle y medrech wisgo hen bâr o drowsus a thylla yn ei bocedi heb deimlo allan o le, neu'n od, neu'n flêr, penderfynodd Tricsi roi un cynnig arall ar yr ysbrydolrwydd hwn y methodd erioed â'i gornelu'n iawn. Y mae cansar wedi'r cyfan yn gyrru ei westeion i sawl cyfeiriad: weithiau i ystafelloedd a fu dan glo ers blynyddoedd, ac o'u hagor eto byddwn naill ai'n rhyfeddu at y cynnwys coll a gofyn pam na fyddem wedi dod yn ôl ynghynt, neu'n cytuno â'r penderfyniad gwreiddiol a'u cadw dan glo yn barhaol.

Felly, â'r pethau hyn yn ei meddwl, penderfynodd Tricsi ymweld ag ogof Elgar eto.

I fyny â hi ar hyd llwybr y Lòrd gyferbyn â Plas.

Ni wyddai beth i'w ddisgwyl. Yn bwysicach, efallai, ni wyddai beth roedd hi ei hangen, beth roedd hi ei eisiau. Hen ewach bach yw ysbrydolrwydd. Tebyg i'r tric ffair o guddied pysan o dan un o dair cwpan, a'r consuriwr – y cnaf, debycach – yn eu symud yn gyflym, gyflym yn gylchoedd o gwmpas ei gilydd, a chithau wedyn yn cyffwrdd â blaen eich bys y gwpan yr ydych yn grediniol – a chrediniol yw'r gair – wybod fod y bysan fechan, grebachlyd yno'n llechu. Yn ddi-ffael, bob tro o godi'r gwpan nid oes dim yno ond y gwacter.

A hithau bron a chyrraedd yr ogof clywodd sŵn tebyg i duchan. Wedyn bytheirio.

Cyrhaeddodd.

Yn dyfod allan o'r ogof yn fwd a llaid, yn enwedig felly bengliniau ei jogyrs, yr oedd Moelwyn Paganussi.

'Sdi be,' meddai wrth Tricsi pan gwelodd hi, 'Ma raid fod pobol yn llai 'radag hynny na be' ydyn nhw rŵan. Dyn bach iawn, iawn oedd yr Elgar 'na. Doedd dim dichon i mi ista ar i fyny yn y cêf 'na. Sbia golwg arna i.'

Ar y foment ryfedd hon ffrydiodd i grebwyll Tricsi y siapiau eraill od yr oedd hi wedi eu gweld yr wythnos hon ar yr ynys. Y cimwch hwnnw yn y gawell yn cael ei godi o'r dŵr, yn debyg, meddyliodd, i ryw Hwfyr cyn-oesol yn llnau llawr y môr, a hogyn bach yn gofyn pam nad ydy o'n goch? Penglog cyfan aderyn – dan ei chrogi ni wyddai enwau adar – a'i big hirfain yn ymwthio'n ddu o asgwrn y pen fel rhyw *memento mori* ar wair cras copa'r mynydd. Y goleudy, trawodd hi un pnawn lled stormus, yn debyg i fwtsiar mewn ffedog coch a gwyn yn geg ei siop yn chwerthin am ein pennau ni i gyd, ond nad oedd ganddo freichiau, fel petai o wedi rhedeg allan o gig a chynnig ei gnawd ei hun i'r gwylain di-amynedd, di-fanars oedd yn tantro o'i gwmpas ac yn gwrthod trefn ciwio. A rŵan y dyn canol oed hwn yn llaca byw yn gwingo ar ei dor bellach wrth ddyfod allan o geg yr ogof fel petai o'n ddisgrifiad o rywbeth ym mhenodau cyntaf llyfr Genesis. Heb anghofio, wrth gwrs, siâp dynes hefo un aren ar ôl.

Gwyddai Tricsi yn ei mêr y tro hwn iddi godi un o'r cwpanau ffair rheiny – a wele! – y bysan.

Yr oedd y môr yn hollol lonydd ben bore dydd pen blwydd Tricsi yn 66 mlwydd oed, fel petai'n dynwared cell cancr yn cymryd ei gwynt ati. Yn cymryd hoe...

'Byrthdei presant i chdi,' meddai Moelwyn Paganussi, ei law tu ôl i'w gefn yn amlwg yn dal rhywbeth. 'Wel! Gesha.'

Am eiliad croesodd feddwl Tricsi ei fod yn cuddied modrwy dyweddïad o'r diwedd, a'i fod wedi penderfynu mai hwn oedd yr amser iawn a'r lle iawn.

'Llyfr arall,' meddai'n ddiogel oherwydd dyna oedd pob anrheg oddi wrth Moelwyn; hi, wrth gwrs, wedi awgrymu pob teitl iddo.

'Nid tro 'ma,' a chododd ei aeliau, 'Un go arall. Tri chynnig i Gymraes fel maen nhw'n ddeud.'

Beth fyddai anrheg diogel tybed er mwyn medru ateb ei gwestiwn? Meddyliodd am rywbeth yn gysylltiedig â'r ynys. Peth-dal-goriad ac aderyn drycin Manaw plastig, ei adenydd ar led yn hongian ohono?

'Duw dwnim. Toblorôn?'

'Ti'n agos.'

Fel o nunlle lledodd siomiant drosti.

'Hwn!' meddai Moelwyn yn dyfod â chranc i'r fei a'i ddal i fyny'n uchel, 'O'n i isho rwbath yn gysylltiedig â'r ynys i ti.' Bodiau'r cranc yn parhau i symud yn egwan bob yn hyn a hyn.

'Mi es i nôl o pan welis y gwch yn dychwelyd. Praiyr areinjment ti'n dalld.'

Ni allasai Tricsi na Moelwyn ychwaith aros yn y tŷ tra roedd y cranc yn cael ei ferwi'n fyw, a'i glindarddach o'r dŵr berwedig yn erbyn ochrau'r sosban ddidostur, aliwminiym, fel rhyw môs côd desbret cyn tawelu'n llwyr a gadael felly i'r ddau ddychwelyd i heddwch y gegin.

Gwyddai Moelwyn yn iawn beth i'w wneud â'r cranc marw.

Hogodd gyllell.

Yr oedd dros un mlynedd ar bymtheg ers i Moelwyn brynu'r fodrwy dyweddïad. Nid oedd wedi medru canfod na'r plwc na'r amser cyfaddas i'w chyflwyno.

Clustog Mair

Y cwbl a welai Tricsi oedd cyrff y Clustog Mair yn hen frown hyll ac yn crasu yn dwmpathau o gwmpas y goleudy a chyn belled â Maen Du y prynhawn chwilboeth hwn ddiwedd Gorffennaf.

Ond yn ei dychymyg yr oedd hi'n rhodianna eto y mis Mai hwnnw – yma! – a'r blodau pinc, cannoedd ohonynt yn pendwmpian yn yr awel ysgafn oedd o'u plaid.

Wrth ei thraed gwelodd asgell aderyn oedd wedi taro, mae'n debyg, yn nhrymder nos, a'r storm yn chwipio, yn erbyn y goleudy ac i'w gorff gael ei falu'n racs jibidêrs gan y glec.

Edrychodd dros yr Honllwyn i gyfeiriad y Cafn gan weld y gwch felen yn gadael ar y llanw uchel. Gadael yn wag. Dim ond y Cychwr ar ei bwrdd. Gadael yn urddasol ar y llanw uchel.

'Mi fydda i'n mynd ar y llanw uchel. Fydd yna ddim dihoeni. A malu'n racs.'

Dyma yr hyn a ddywedai wrth Moelwyn Paganussi. Nid rŵan ond ymhen amser. Dogn go lew ohono gobeithio. Maes o law.

Cadwodd y geiriau'n saff. Fel y cadwodd y mis Mai hwnnw yn ei chof a'r Clustog Mair yn cyhwfan yn yr awel.

Cofnodi

Un waith yn ei bywyd yr oedd Tricsi wedi trio ysgrifennu stori. Nid Stori Fer a ymddangosodd o'i blaen ond stori a oedd yn fyr. Yn y fan a'r lle gwyddai na allai gwffio ei ffordd drwy gatrodau'r geiriau a rhagfuriau'r paragraffau i sgwennu nofel. Heb sôn am y myrddiwn cymeriadau fyddai yn gweiddi am sylw i'w chyfeiriad. Nid oedd ganddi'r chwip angenrheidiol i fod yn nofelydd.

Ond yr oedd y cymeriad yn ei hunig stori – Abigail Harris – yn gwrthod y geiriau yr oedd Tricsi yn ceisio ei gwisgo ynddynt, ac am ddewis ei geiriau ei hun. Dilladu ei hun â geiriau eraill, amgenach. Sylweddolodd wedi dau baragraff fod cymeriadau yn fwy na'u hawduron bondigrybwyll. Yn braffach, yn deall eu hunain yn well – ie, yn onestach.

Dychrynwyd Tricsi gan hynny. Ni cheisiodd ysgrifennu stori arall fyth wedyn. Fel y dywedodd wrth rhywun: 'Tydy o ddim gin i.'

Ond nid ystyr geiriau yr oedd Tricsi yn ei ofni ond yr hyn yr oeddynt yn ei edliw. Eu cysgod dichellgar o onest ar bared ei byw.

Yn od iawn yr oedd Abigail Harris – er mai 'Hannah Morgan' yr oedd Tricsi wedi ceisio ei hwrjio arni – yn dioddef o gansar.

'Yn aml yn nhrymder nos byddai wagenni ei meddyliau yn tasgu geiriau i bob man wrth fynd ar sbîd i lawr ryw inclên heb na brêc na dreifar; C A N S A R mewn tjôc ar bob un o'r wagenni rheiny. Mae geiriau'n gwneud pob salwch yn waeth. Dymunai Abigail fod yn gath. Neu os gorfodid hi i barhau'n fod dynol, yna'n fod dynol dwl hefo cyn lleied o eiriau â sydd bosib.' – Yr unig frawddegau o'i hunig stori yr oedd hi'n eu cofio. Diolch i'r Arglwydd.

Hidlo

Daeth y ddau allan o'r car, Tricsi a. Fo...

Trwy gyfnos ei chof gallai eu gweld, hi a fo, yn mynd i gyfeiriad yr abaty.

Abaty Cwm Hir.

Law yn llaw edrychodd y ddau ar garreg fedd Llywelyn. Neu o leiaf garreg i nodi'r fan rywle'n fama lle y claddwyd y rhan helaethaf o'i gorff.

Yn ei phresennol drwy gaddug cofio gwelodd hi ei hun iau, bryd hynny'n wraig i rywun arall; ef yn ŵr priod hefyd. Yma y dywedodd hi wrtho: 'Y mae daearyddiaeth ein cariad ni hyd Gymru i gyd. A ŵyr neb.'

Y noson honno oedd noson y gwely ffôr-postyr ffug yn y gwesty rhad yn Llanfair-ym-Muallt, a'r baddon jacwsi – hi'n llawn ffwdan yn deud: 'O! be' 'na'n ni?' – yn arllwys y trochion sebon yn ddi-stop hyd bobman, yn dwmpathau hyd y llawr fel galeri o wynebau hen weinidogion ar fur festri capel.

Gyda'r blynyddoedd o dow i dow, canfu'r ddau eu hunain yn ôl yn arwahanrwydd eu priodasau... oherwydd mai hynny yn y diwedd oedd haws?

Ar waelod hidlydd cansar yr oedd y profiad hwn yn grwn, sgleiniog fel perl. Yn rhydd o foesoldeb. Ymhell o dwt-twtio o'r cysgodion. Rhyw godi dyrnau flynyddoedd yn ôl i'w chyfeiriad.

Yno fel rhywbeth dilys, go-iawn a gwir.

Tebyg i fethiant llwyr rhyw fawr-o-beth-o-dywysog nad oedd ganddo mae'n amlwg sgiliau milwrol da o gwbl, a'i ddienyddiad sydyn a di-lol yn newid a chryfhau o ganrif i ganrif i fod yn waedd ingol i genedl gyfan ymwroli a chanfod ei rhuddin. A'i rhyddid.

Blanc

Daeth i gof Tricsi a hithau mewn rhyw gyfarfod neilltuol – be' oedd y cyfarfod hwnnw? – rhyw ddyn trwsiadus iawn yr olwg, a da ei fyd, mae'n debyg, yn hyderus haeru nad oedd yna'r ffasiwn beth â bywyd ar ôl marwolaeth oherwyddoherwyddoherwydd... a gwraig yn ei herio drwy ddweud: 'Mae'n amlwg nad ydach chi wedi colli plentyn.'

Ond

...ond mi fydda i'n dal i feddwl amdano fo. Fel petai medru deud, ei sibrwd yn nhrymder nos yn fy ngwely fy hun ar ben fy hun – Ffwcia fi – yn rhoi eto wybod i mi nad oes 'na'm byd o'i le ar 'y nghorff i; mod i'n ddynas ddi-gansar.

...ond yr hyn ydw i yn ei gofio ydy ei bwysa fo ar 'y mhen i, ei ddwy law o'n dynn am fy ngarddyrna fi, 'y mreichia i ar led ar y gobennydd, ei benglinia fo yn gwthio'n erbyn tu mewn i nghlunia i. Diferyn o chwys o'i dalcan o'n landio ar 'y moch i. Mi ro'n i'n teimlo mai fy arestio fi am ddrwg weithred yr oedd o yn hytrach na'n bod ni'n caru. Ystum plisman nid coflaid carwr.

...ond hwyrach mai 'nghydwybod i sy'n plismona fy hel meddylia' fi.

...ond yr hyn y mae dynas hefo cansar ei angen ydy sadrwydd, tynerwch, ffyddlondeb.

Mae Moelwyn Paganussi'n pasio'r ffenasd.

'Neb ond fi,' ddyfyd o ymhen eiliadau.

...ond mi rown i rwbath am gael deud go iawn eto, Ffwcia fi.

A charchar rhydd y blynyddoedd rhyfeddol rheiny.

Ar y landin

Yr oedd hi'n ben bore. Eisteddai Tricsi yn y gadair wicyr yn ei hystafell wely yn trio creu siapiau o'r craciau yn yr olcloth. Edrychodd i fyny. Gwyddai nad oedd neb yn y tŷ – yr oedd hi'n rhy gynnar i Moelwyn Paganussi a'i 'Neb ond fi' wrth ddyfod i mewn drwy'r drws cefn – eto teimlai bresenoldeb. Nid presenoldeb rhyw lawnder. Ond presenoldeb pethau ar y foment cyn iddynt ddiflannu'n llwyr. Gwyddai fod pethau i lawr y grisiau yn gadael fesul un. Fel petaent o gael eu cyffwrdd yn diffodd. Gwyddai fod rhywbeth yn cerdded i fyny'r grisiau. Edrychodd ar y pentwr llyfrau wrth erchwyn ei gwely. Fel petai hi'n disgwyl i lyfr agor o'i wirfodd a dangos iddi baragraff, y byddai o'i ddarllen sadrwydd yn dychwelyd.

Yr oedd y rhywbeth wedi cyrraedd y landin.

'Neb ond fi,' clywais.

Rhuthrais i lawr y grisiau.

Gan sylweddoli a rhyfeddu wedi cyrraedd y gwaelod fod grisiau yn dal yna.

Rydw i o hyd tu mewn i wyrth dwi'n 'i ddirnad. Bod pethau'n dal yr un fath ydy'r gwyrthiol. Nid eu bod nhw wedi newid. Pethau heddiw yn union fel pethau ddoe.

'Moelwyn!' dwi'n 'i ddeud mewn rhyw fath o orfoledd nid fel petawn i heb ei weld o ers hydion ond oherwydd mod i wedi ei weld o ddoe, ac echdoe, a'r diwrnod cyn hynny.

Miragl amser.

A Moelwyn yn cochi. Washi!

Jygyrnots

Nid yw esgidiau yn rhan o fydolwg trychfil.

Petai ganddo iaith ac felly'r gallu i greu cymariaethau byddai'r trychfil – a welodd Tricsi ar y palmant – ac oedd yn prysur gario darn o bren trionglog mwy nag ef ei hun i greu ei nyth – yn dweud iddo drwy lwc osgoi jygyrnots esgidiau.

Mynd â'i phen i lawr – lwcus hynny i'r trychfil – yr oedd hi pan welodd ef yn croesi cyfandiroedd slabiau concrit y palmant. Yr oedd ef a'i farsiandïaeth nid yn unig yn hollol amlwg, ond hefyd yn hollol hawdd i'w niweidio.

Ond yn ei flaen yr aeth doed a ddelo.

A daeth i fod unoliaeth dwfn rhwng Tricsi a'r trychfil di-eiriau.

Gwsberis

Yr oedd Moelwyn Paganussi yn hir yn gadael heno eto. Yn ddiweddar yr oedd o'n oedi mynd. Pam hynny tybed?

'Cer wir,' meddai Tricsi wrthi ei hun.

Yr oedd ganddi bethau ar ei meddwl. Ac yn ateb ei gwestiynau di-rifedi hefo 'Do/Naddo' neu 'Nacdi/Nacdw'. Fynta wedyn yn ateb ei hatebion cwta hi hefo: 'Pam ti'n deud hynny?'

O'r diwedd mae o wedi mynd.

Mae Tricsi bellach yn ei gwely. Mae hi'n tynnu'r gynfas yn dynn o amgylch ei chorff fel na eill hi symud na braich na choes. Mae hi'n gwingo ei ffordd yn is lawr i'r gwely fel bo'r dwfe yn gorchuddio ei phen. Byddai'n gwneud hyn pan oedd hi'n hogan fach. 'Dynwarad marw,' esboniodd i'w mam un tro.

'Dymi ryn,' meddai wrth ei hun heno.

Teimlodd ei hun yn mygu.

Yr oedd hi wedi ofni erioed cael ei chladdu. Beth petai hi'n dal yn fyw? Yr oedd enw ar y peth. Onid oedd Edgar Allen Poe yn dioddef yn barhaol o'r ofnadwyaeth hwn?

Y cyfyngder o dan yr holl bridd.

Nid oedd hi ychwaith yn cynhesu at gael ei llosgi.

Arglwydd, Tricsi, dewis dy eiria'n well. Cynhesu?

Yr hyn apeliai ati oedd yr arferiad yn Tibet a Mongolia – claddedigaeth yr awyr. Ei chorff yn cael ei gario i ben mynydd, cyrion yr Himalea, y gwastadeddau uchel, yno i'w ddarnio a'i daflu'n bisiau i bob man yn friwgig i'r adar ysglyfaethus. Y fwlturiaid.

Arglwydd, ydy hwn yn well dewis, Tricsi bach?

Neu rywbeth cyffelyb yng nghrefydd Soroaster lle rhoddid y corff i orwedd ar ben – hwyrach mai'r enw hudolus a apeliai ati? – Tŵr Tawelwch. Lle deuai wedyn yr adar i'w sglaffio.

Iesu bach, dwnim am hwn chwaith, Tricsi annwyl.

Ond go brin y câi hi ganiatâd cynllunio i wneud y naill beth na'r llall yn yr ucheldir rhwng Rhosgadfan a Fron, ac nid nepell o Cae'r Gors.

Wrth ddyfod i'r wyneb o dan y dwfe, anadlu eto, daeth i'w chof gacen gwsberis ei mam. Y gyllell yn torri'r crwst brau, y gwsberis yno'n feddal ond yn gyfan.

'Rho di fwy o siwgwr os wt ti isho,' oedd geiriau ei mam bob tro wrth osod y darten ar y plât, 'Mi fydda i'n licio rhywfaint bach o chwerwder, y mymryn lleia. A dyma ti hufen i'w roi ar 'i phen hi. Top y botal.'

A'r cyd-ddigwyddiad y bore wedyn pan ymddangosodd Moelwyn Paganussi yn y gegin hefo llond powlen o gwsberis.

'Dyma ti rhein. O'r ar' 'cw. Dwnim be' oedd haru ti nithiwr. Ond mi neith rhein dy neud di deimlo'n well.'

Tisian

Y mae marw mor naturiol â thisian.

Pam felly nad oes neb yn ofni tisian, holodd Tricsi ei hun?

Stryd gyfan yn llawn o bobol yn mynd yn dawel, dawel wrth droi i edrych yn slei bach ar un o'u plith yn tisian ar y pafin.

Pobol mewn siop yn troi o'r neilltu, gadael eu bagiau neges a symud – y math o symud sy'n cogio bach arafwch ond mewn gwirionedd yn yr ewyllys i'w deimlo fel mynd nerth eu carnau – tuag at y drysau a gadael y disianwraig ar ei phen ei hun ymysg y dillad isa'.

A'r gair ei hun. Tisian. Pawb ofni ei ddweud. Neu ei lapio mewn geiriau ac ymadroddion mwyth:

'Glywsoch chi fod hon-a-hon wedi profi cynyrfiadau yn ardal y trwyn?'

Neu:

'Profodd gryndod ffroenol a hithau mond yn bedair ar ddeg oed.'

A'i chwyddo'n fetaffisegol mewn adnodau:

'Y gelyn diwethaf a ddinistrir yw'r Glec-Wlithog-Wedi'r-Crychu-Trwynol.'

Ar fy ngwir y mae ffortiwn i'w wneud drwy ysgrifennu llyfrau, dyfeisio cyrsiau, creu tabledi, agor caffis, i gyd er mwyn osgoi Yr Un Na Ellir Dweud Ei Enw Ond Sy'n Odli Hefo Hosan A Swnio'n Debyg Ar Y Diawl I Teisen.

Serch hyn i gyd, gwyddai Tricsi, y mae marwolaeth mor naturiol â thisian.

Uniaethu

A hithau wedi cael anrheg, anrheg gwella'n fuan, o danysgrifiad i MUBI, yr oedd Tricsi y pnawn hwn, a bocs o Maltesers yn prysur wagio ar ei harffed, yn edrych ar ffilm o'r enw *Chronic*. Michel Franco o Mecsico yn gyfarwyddydd.

Tim Roth yn actio David, nyrs sy'n edrych ar ôl pobl ar ddiwedd eu hoes.

Ar sawl ystyr prif thema'r ffilm yw cyd-ddibyniaeth. Y mae David gymaint o angen y cleifion ag y mae'r cleifion ei angen ef. Y mae ei ddawn nyrsio, ei ofal a'i drugaredd yn pefrio. Ond y tu ôl i hynny bywyd unig yw bywyd David. Fe'i gwelir yn y gampfa ar y peiriant rhedeg; yn yfed ar ei ben ei hun mewn bar. Y mae'n cael cynnig llymaid i ddathlu gyda phâr ieuanc sydd wedi penderfynu priodi, a phan ofynnir iddo gan yr hogan a oes ganddo ef wraig, mae'n ateb drwy ddweud i'w wraig farw o AIDS. Cyn yr olygfa hon fe'i gwelwyd yn gofalu am wraig sy'n marw o AIDS. A hynny'n codi cwestiwn i unrhyw wylwraig: a fu ei wraig farw o AIDS, ynteu ei uniaethu llwyr â'r claf sy'n peri iddo ddweud hynny?

Mae Tricsi wedi ei chyfareddu gan y ffilm hon. Yn arbennig felly lle mae David yn gofalu am Martha. Martha sydd wedi gwrthod triniaeth chemo arall ac yn gofyn i David ei helpu i ddiweddu ei hoes. Mae o'n gwrthod. Erbyn hyn, wrth gwrs, y mae'r un sy'n gwylio wedi deall mai dyna'n union a wnaeth David i'w fab ei hun oedd yn dioddef o gansar, mae'n debyg.

Mae'n ffilm sy'n drybola o amwysedd moesol.

Ffilm gynnil ei geiriau ydyw a chryf ei delweddau, yn enwedig felly pan mae David yn helpu i ymolchi'r cleifion: y wraig gydag AIDS yn y gawod, ei chorff wedi wastio; y dyn a gafodd strôc yn noeth ar ei wely; Martha wedi mocha ei hun yn mynd i'r bath. Nid ymolchi fel y cyfryw, tebycach rhywsut i ryw lun ar fedyddio.

Y mae David yn ildio yn y diwedd i ofyniad Martha. Fe'i gwelir yn rhoi'r pigiadau iddi.

Y mae diwedd y ffilm yn gwbl annisgwyl. Yn homar o sioc. Bu i Tricsi wenu wrth weld David yn gwylied pornograffi hefo John, dyn y strôc, pensaer, ar ei i-pad.

Deallwn fod teulu John yn mynd â David i lys barn a'i gyhuddo o 'aflonyddu'n rhywiol' ar John. Mae Tricsi'n gandryll am y peth. Mae hi'n taflu ei Malteser olaf ond un at y teledu.

Gwelwyd David mewn siop lyfrau yn prynu llyfrau pensaernïaeth. 'Ia,' meddai pan mae'r wraig siop lyfrau yn gofyn iddo os mai pensaer yw.

Bu farw Martha.

Lawr y lôn y mae Maldwyn Paganussi yn edrych ar ffilm arall.

Oherwydd fod hanner can mlynedd wedi mynd heibio ers ei rhyddhau gyntaf oll y mae Sky yn dangos eto *The Godfather*.

Y mae Maldwyn Paganussi yn uniaethu'n llwyr â'r Al Pacino ieuanc.

Michael Corleone.

Pris

'Ond be' roi amdana?' holodd ef.

'Dillad,' atebodd hithau'n siort.

A dyma nhw eu dau, Tricsi Bevan a Moelwyn Paganussi yn nhŷ bwyta *Nysien* ar gyfer y fwydlen flasu deng cwrs – neu 'platiau' fel y'u gelwir. Gwahanol fathau o wirodydd wedi eu paru â phob cwrs, gwirodydd a'u blasau cynnil a fyddai'n cadarnhau neu gyfoethogi blasau yr un mor gynnil y prydau.

Gwir dweud fod Moelwyn wedi dychryn pan welodd faint y prydau, ambell un yn debycach i staen ar y plât gwyn yn hytrach na phryd go iawn. Ond ni ddywedodd ddim. Mond teimlo ei fod wedi gwneud peth call a bwyta brechdan gaws cyn dŵad allan.

Ond yr hyn a roddai'r wefr i Tricsi fyddai'r bil ar ddiwedd y noson.

£359.96 o fil.

Wedi'r cyfan i be' fyddai rhywun hefo cansar eisiau bargen: rhyw bryd i ddau am bris un, neu ryw swpar chwaral o beth am hanner pris cyn saith – 'yrli bỳrd', fel maen nhw'n cael eu galw?

Cneifio

'Cau dy llgada a dal dy law am allan,' ebe Tricsi Bevan wrth Moelwyn Paganussi yr amser cinio hwnnw. A chan mai perthynas o ufudd-dod oedd hanfod ei berthynas ef â Tricsi ufuddhaodd gan deimlo rhywbeth trwm ac oer yn taro cledr ei law. Agorodd ei lygaid – gwnaeth hynny heb ei chaniatâd – a gwelodd y peiriant cneifio gwallt.

Â'i bys yn pwyntio at y peiriant, gwenodd ar Moelwyn yr un pryd – y math o wên y teimlai Moelwyn yn nyddiau cynnar eu hadnabyddiaeth o'i gilydd fod secs yn llechu tu ôl iddi, ond na ddigwyddodd erioed – a 'Be'?' meddai wrthi.

'Dwisho ti gneifio mhen i. Buzz Cut. Nymbyr wàn. Oherwydd mod i'n teimlo'n rhywun gwahanol bellach dwi isho edrach yn wahanol a gneud petha gwahanol. Dwi wedi setio'r daial yn barod. Weli di nymbyr wàn mewn coch yn fan'na?'

Pwysodd Moelwyn fotwm a theimlodd y peiriant yn canu grwndi ar gledr ei law.

Yr oedd Tricsi eisioes yn eistedd ar gadair yr oedd hi'n gynharach wedi ei gosod ar ganol llawr y gegin, ei phen am yn ôl, ei gwallt hirfelyn – yr oedd Moelwyn wedi ei anwesu un waith yn ei fywyd o'r blaen – yn hongian dros gefn y gadair.

'Awê,' ebe Tricsi.

Gwthiodd Moelwyn ddannedd bychain y peiriant sŵn gwenyn i'w gwallt nad oedd mor felyn ag a feddyliodd yn gynharach wedi'r cyfan. Yr oedd ei lun delfrydol o Tricsi wedi sefydlu ei hun flynyddoedd yn ôl yn ei ddychymyg ac nid oedd wedi newid o gwbl ers hynny. Gwelodd y cudynnau'n rowlio hyd ei phen cyn disgyn yn araf i'r llawr yn lluwch. Ym mhen dim roedd hi i bob pwrpas yn foel.

– Y bore hwnnw yr oedd Tricsi wedi deffro i gyfeiliant y cwestiwn: Be 'sa'r cansar yn dŵad yn ôl? A hynny wedi ei harwain i ofyn cwestiynau eraill megis: Be 'sa 'na jet o Fali'n hitio'r tŷ 'ma? Neu/a 'Be 'sa Rwsia'n meddiannu Poland?' A hynny i gyd wedi arwain i'w phenderfyniad i gneifio ei phen. Mae'n amlwg fod cysylltiadau rhwng y pethau hyn i gyd. Ond peth od iawn yw rhesymeg salwch. Mae ganddo ei diriogaeth ei hun. A'i lwybrau.

'Pasia'r muryr 'na i mi,' meddai Tricsi.

Ufuddhaodd yntau.

Daliodd hithau'r drych yn uchel a'i symud hwnt ac yma ar hyd ei chorun fel y medrai gael golwg orau gallai ar yr hyn a oedd ar ôl.

'Jysd be' o'n i isho,' meddai, 'Dwi am 'i lifo fo'n binc. Yn Moncriff.'

'Ti'm yn difaru?' holodd Moelwyn.

'Be' sy' 'na i ddifaru yn ei gylch o? Fedri di'm byw ar ddifaru siŵr dduw.'

– Y noson honno wrth wylied rhyw ffilm neu'i gilydd – yr oedd Moelwyn wedi hen golli'r stori am ei fod o'n rhy ara'n darllen yr is-deitlau, ond yr oedd wedi cael inclin fod yna lofruddiaethau ysgeler iawn yn Scandinafia – rhwbiodd, yn otomatig erbyn rŵan, un cudyn melyn rhwng ei fysedd –

'Gad y gwallt 'na lle mae o, mi daclusa i wedi ti fynd,' ebe Tricsi wrtho.

Ac ia, melyn oedd lliw ei gwallt. Melyn haul Gorffennaf.

Model

Beth oedd ystyr 'aeddfed' tybed? Gair clên am 'tew'? Gair meddal am 'hen'?

'Be' fyddi di'n gorod neud 'lly?' holodd Moelwyn Paganussi hi, ac yntau wedi cael gwŷs i'w gyrru i'r Plas erbyn chwech heno.

Yr oedd llawdriniaeth – cael dy agor, ymadrodd plaen ei mam ers lawer dydd – cansar, colli aren – wedi peri i Tricsi ateb yr hysbyseb. Ni fyddai fyth pan oedd hi'n iach wedi meddwl am y peth.

'Angen model – gwraig neu ŵr – aeddfed ar gyfer dosbarth arlunio. Telir ffi. Diffyg profiad i'w groesawu. Neb swil.'

'Tynnu'n nillad,' atebodd Tricsi ef.

Parhau i yrru'n bwyllog a wnaeth Moelwyn.

'Dyma Tricsi,' meddai'r athrawes, 'Diolch am ddod atan ni, Tricsi.'

Tynnodd hithau ei gŵn nos yn ddi-ffwdan oddi amdani. I ddangos ei chorff. Ei noethni.

'Sut fyddwch chi'n penderfynu?' holodd Tricsi y wraig – Serenna – yr ochr arall i'r ffôn, a hithau mewn ffit o 'ffwcio cansar' wedi darbwyllo ei hun i roi cynnig arni. Deud y gwir yn onest, chafodd hi fawr o drafferth rhoi perswâd arni hi ei hun. Roedd hi am i ddieithriaid sbio arni. Gwyddai fod ganddi gorff dilys i sbio arno.

'Pwy bynnag sy'n ddigon dewr i godi'r ffôn,' atebodd Serenna, 'They're in, de.'

'Dach chi di ca'l lot o aplicants?'

'Un dyn a chdi. You'll do alternate weeks.'

Teimlodd Tricsi hyder mawr o'i mewn yn eistedd yma ar y stôl, ei phen am yn ôl yn edrych i'r nenfwd, ei chraith ar ei hochr yn gwbl amlwg.

'Peidiwch â edrach ar y papur. Mond edrach ar Tricsi. A gadwch i'ch edrach arwain 'ch llaw i greu'r marcia. Let your looking do the drawing. Go for it,' ebe Serenna wrth y dosbarth.

Clywodd Tricsi sgriffiadau'r pensiliau a'r siarcol.

Yr oedd chwe arlunydd yn yr ystafell.

'Cnawd hefo tolcia yno fo 'dan ni'n chwilio amdano fo,' dywedodd Serenna wrthi ar y ffôn, 'Ma pyrffecshyn mor boring.'

'Pris petrol i chdi,' meddai wrth Moelwyn ar y ffordd yn ôl gan stwffio hanner y ffi i boced ei siaced.

'Rwsos nesa hefyd?'

'O ia.'

'Oddat ti'n teimlo'r amsar yn hir yn aros amdana i?'

'Ew nago'n. O' gin i lyfr.'

Cystadleuaeth

Penderfynodd Tricsi y byddai'n cystadlu yn sioe'r sir eleni. Efallai fod yr ochr draw i salwch difrifol yn ein gyrru i wneud y pethau rhyfeddaf fyw yn aml. Croes i raen y bywyd cynt.

Enillodd – wel, daeth yn ail, a weithiau mae dod yn ail yn teimlo fel ennill os mai dyma'r tro cyntaf i chi fentro cystadlu – tua deng mlynedd yn ôl ar y patjwyrc cwilt.

Yr oedd wedi mwynhau gwaith gwnïo erioed. Am ryw reswm teimlai ei fod yn debyg i sgwennu.

Eleni yr oedd cystadleuaeth brodwaith: Agored.

Edrychodd ar ei gwaith gorffenedig heb eto ei fframio; a hithau'n slei bach wedi ei phlesio gan ei hymdrech.

Daeth rhyw wên drosti wrth feddwl am hwn ymhlith y jams a'r marmalêds, y dahlias a'r gladiolis powld, y moron difefl a'r gabajan ddifrycheulyd.

Darllenodd:

CANSAR

LLWYN Y FORWYN   CAE LLO BRITH   MUR CRUSTO

YNYS WEN   GWINDY   PLAS LLECHEIDDIOR

YNYS CREUA   GORSE HOLLOW   BRYN FFYNNON

BRYN LLEFRITH FAWR   PRYS MAWR   LLWYN HELYG

Ymlaen

Yn aml y mae geiriau'n chwildroi uwchben rhyw eigion o'n mewn. Tebyg i wylanod yn dilyn cwch bysgota.

Teimlai Tricsi Bevan fod mwy ynddi i'w ddweud ond fod gagendor rhwng y geiriau a feddai a'r sylwedd islaw na fedrai ei fynegi'n iawn.

Petai wedi medru tybed mai rhywbeth fel hyn a ddywedai?

Na fu ganddi erioed reolaeth dros ei bywyd ei hun ac mai ildio i amgylchiadau a wnaeth rownd y rîl, bron yn ddi-feddwl, gan dybio mai rhyddid oedd hynny. Cysuro ein hunain â'r syniad o ryddid a wnawn. Ac mae hynny'n gweithio o'n plaid y rhan fwyaf o'r amser. Hyd nes y daw yr amser trwm a thrymlwythog, y mae rhywbeth fel cansar, heb os, yn borth i'n harwain iddo.

Ond nad dyna'r cyfan digalon ychwaith – beth am hyn yn ogystal?

Hwyrach fod a wnelo'r sylwedd o'r golwg rywbeth ag amser ei hun. Nid amser fel tic-tocio eiliadau a munudau, nid amser y mae pawb yn ceisio rhedeg o'i flaen yn fyr eu gwynt a'r gwynt hwnnw yn eu dyrnau er mwyn cyflawni rhyw orchwyl neu'i gilydd, ac yn rhedeg allan ohono – amser – yn y diwedd. Ond amser fel rhodd. Nid hyd ond hud. Hud momentau – byrion ar y cyfan – a'u dyfnder, ac nid cadwynau hirion a'u pwysau trymion, oriau, a dyddiau, a misoedd.

Yn yr hen ddyddiau, hwyrach y byddai rhywun wedi cynnig y gair 'gras' iddi i enwi hyn, a hithau wedi ei ddeall.

Ond deall neu beidio, mynegi neu fethu, gras yw'r gair cywir. Gras yw'r cyfan oll.

Mae Tricsi yn gyrru ei char i hel neges.

Mae hi'n gwenu wrth glywed Moelwyn eto'n gofyn iddi:

'Ddoi di â'r peth 'na i mi? Gas gin i ofyn amdano fo. Mae'r merchaid siop yn hen wenu arna i. Diolch i ti.'

Eli peils yw'r 'peth 'na'.

Ci

O'r diwedd safodd Tricsi yn ei hunfan ymhell o bawb, gwyddai'n iawn, ond rhag ofn edrychodd nôl a blaen, i'r chwith i'r dde, i'r dde ac i'r chwith eto fyth. Neb.

Ond daeth ci gan eistedd o'i blaen ac edrych arni. Ei ben yn gwyro i un ochr yn y ffordd dwi'n-gwbod-bob-dim 'na y medr ci wastad ei drosglwyddo i fod dynol.

Syllodd Tricsi arno.

Newidiodd y ci ogwydd ei ben.

Meddai Tricsi wrtho yn y man:

'O-reit! Dwi newydd wlychu'n hun. A dwi'n gwbod dy fod ti'n gwbod. Mi ddudson wrtha i ar ôl yr opyreishyn am yfad rhwng dwy a thair lityr o ddŵr y dydd. Ac os nad oes 'na dŷ bach yn handi o gwmpas – neu os nad oes gin ti thyrti pi, a madda'r gair mwys yn fanna – pam thyrti pi, ti 'di meddwl? – ac yn amal ma gin rywun bapur pumpunt ond fyth thyrti pi, twenti falla ond nid y deg ceiniog arall, ac erbyn 'mi sdraffaglio yn 'y mhwrs, dwi 'di piso'n 'y mlwmar beth bynnag – be ma rhywun i fod i neud? Aros yn tŷ drw' dydd? Ond mi dduda i un peth wrtha ti. Dwi rioed yn 'y nydd wedi piso'n erbyn bob ffwcin polyn lamp dwi 'di basio. Na fotio Tori chwaith i ti ga'l gwbod y cwbwl.'

Aeth Tricsi yn ei blaen gan adael y ci yn ei unfan i fyfyrio ar ei hymson.

Caradog Prichard

'Duw, be' haru ti?' ebe Tricsi pan welodd hi Moelwyn Paganussi'n dyfod i mewn i'r gegin gefn a golwg gythryblus arno.

'Wedi dychryn braidd,' esboniodd Moelwyn yn eistedd yn araf i lawr ar y gadair ger y bwrdd, rhwbio fymryn ar y fformeica top, wedyn tynnu'r banad oedd yno eisioes yn ei aros â'i ddwy law i'w frest gan edrych yn ddwfn i'r te. 'Newydd ddarllan fod Caradog Prichard yn Dori dwi. A fynta'n dŵad o Fethesda.'

'Sa titha'n dŵad o Fethesda a chyrradd Llundan mi fydda titha'n Dori'n diwadd hefyd. Rŵan ta, gwranda, awr fydda i. Fan bella teirawr. Bedar ar mwya.'

'Ydw i'n ca'l holi i le wti'n mynd?'

'W't.'

'Ydw i'n ca'l atab?'

'Nagwt. Ond ma 'na salad neis i ti yn y ffridj. Clingffilm ar 'i ben o i gadw fo'n wlyddar. Ham Gwalia. Y gora. Tynn o allan ryw awran cyn ti futa fo neu mi gei di ddincod ar dy ddannadd. Dincod ma rhywun yn 'i ddeud dŵa? Oherwydd yr oerni. Sa'm byd gwaeth na thomatos syth o'r ffrij.'

Yr oedd pen y mis wedi cyrraedd o'r diwedd.

Ynghynt y bore hwn safai Tricsi'n nocthlymun yn ei hystafell wely gan edrych ar ei hadlewyrchiad yn nhri drych y dresing teibl. Tri drych a thair Tricsi. Y mae llawer mwy ohoni erbyn rŵan.

Yn ei llaw yr oedd y treising peipyr ac arno amlinell o lamhidydd yn neidio.

Gosododd y papur heddiw eto – yr oedd wedi gwneud hyn yn ddyddiol, ddefodol ers mis – yn erbyn cnawd ei hochor, yr amlinell yn amgylchynu'n berffaith ei chraith. A'r bore hwn oherwydd y cyfuniad o'r drych, y ffordd yr oedd hi wedi troi at y drych i weld ei hun, ac ongl y goleuni drwy'r ffenestr, ymddangosodd ar y papur ddwy enfys fechan.

Teimlodd Tricsi ei bod ar y foment hon yn eglwys o gnawd, a'r papur a'r ddwy enfys yn ffenestr liw; amlinell y llamhidydd rhywsut yn dynwared corongylch fel petai'n dathlu nid sancteiddrwydd – pell iawn o hynny – ond llawnder yr oedd hi wedi dyfod iddo drwy loes. Arhosodd fel yna hyd nes y diflannodd yr enfysau.

Fis yn ôl teimlodd Tricsi flaenau bysedd yr hogan yn twtjad yn ysgafn hwnt ac yma ei chroen o gwmpas ei chraith. Tricsi wedi codi ei blows i ddangos iddi.

'Ipyn bach yn dendar o hyd. Rhyw fis arall. A mi fydd yn iawn. A ffwr' a ni os na fyddwch chi wedi newid 'ch meddwl.'

'Dach chi wedi gneud rwbath fel hyn o'r blaen?' holodd Tricsi.

'Ddoe ddwytha mi o'n i'n cwblhau tegeirian lle bu dwy fron unwaith. Gorffan y lliwio.'

'Dim ond amlinell...'

'Shissht!' torrodd yr hogan ar ei thraws.

A chlywodd Tricsi symudiad ei bys yn patrymu ar hyd ei chnawd. Ei hanadl yn taro'n gynnes ar ei chroen.

'Tynnwch bob dim 'dat 'ch nics, a dowch i orwadd i fama.'

Ufuddhaodd Tricsi.

Ond yr oedd hi wedi tynnu ei nics hefyd.

Â chlustog dan ei phen yr oedd Tricsi'n orweddog ar y soffa.

(I fod yn angharedig, ac ar y foment honno fis yn ôl yr oedd Tricsi yn angharedig, lledodd rhyw snobyddiaeth drwyddi – nid y snobyddiaeth Cymraeg/Seisnig pobl hefo pres a fawr o ddim byd arall, ond y snobyddiaeth dosbarth gweithiol hwnnw – ac i'r dosbarth hwnnw y perthynai Tricsi – gwyn ei liw, pendant ei ddaliadau – dynas ydy dynas, dyn ydy dyn, y math yna o ddaliadau – y snobyddiaeth yna ledodd drwyddi pan welodd y tatŵydd gyntaf erioed a hithau wedi magu o'r diwedd ddigon o blwc i fynd i mewn i'r siop er ei bod wedi pasio droeon o'r blaen a'i hyder yn gwegian bob tro. Yr hogan. Oedd hi wedi disgwyl dyn? Yr oedd ei hwyneb, ei gwallt, y dillad amdani yn debyg i agor bocs gwnïo sy'n anarchiaeth o binnau, edafedd rhwbstrel, yr holl liwiau, clytiau, sgwariau. Petai cynnwys y ffasiwn focs gwnïo wedi medru cerdded allan o'r bocs yna'r hogan o'i blaen a fyddai.)

'Dwisho chi ddychmygu'r llamhidydd. Setlwn ni am y gair yna, ia? Er mai porpoise ydy llamhidydd. Oeddach chi'n gwbod hynny? Ma isho addysg i fod yn datŵydd 'chi! Oeddach chi'n gwbod hynny? A mi dria i gydio symudiada fy mys wrth y llunia dach chi'n eu creu. Ocê? Amdani ta.'

Dechreuodd Tricsi ddychmygu. Ond daeth i'w meddwl Suliau o hetiau ac emynau ei phlentyndod.

Symudodd yr hogan ei bys ar hyd cnawd Tricsi yn gwafars a throelliadau. Hynny mae'n debyg ryddhaodd y llamhidydd o gaethiwed ei phiwritaniaeth gudd o'r golwg.

'Neis,' meddai'r hogan, 'Neis iawn. Mae'r llun mor gry' ynoch chi.'

Efallai fod Tricsi wedi syrthio i gysgu neu rywbeth tebyg oherwydd y peth nesaf a glywodd oedd:

'Hwn oedd o 'de?'

A'r hogan yn dangos ar y treising peipyr amlinell yr union 'lamhidydd' a oedd gynnau yn nychymyg Tricsi yn neidio o'r môr hwnnw sy'n cynnal a chynnwys pob dychymyg.

'Sut gnuthoch chi hwnna?' holodd Tricsi.

'Hefo'n llaw arall te,' atebodd yr hogan.

'Sgynno chi enw?' gofynnodd Tricsi.

'M.M.'

'M.M.?'

'M.M.'

'Mewn mis ddudsoch chi?'

'Ia. Mis i heddiw. Ro'i chi lawr. Sgynnoch chi enw?'

'Tricsi Bevan.'

'Tricsi Bevan?'

'Tricsi Bevan.'

'Ewch â'r treising hefo chi. A rhowch o yn erbyn 'ch ochor bob 'n hyn a hyn. Er mwyn iddo fo gal arfar hefo chi a chi hefo fo. A dŵad i nabod 'ch gilydd. A dowch â fo 'nôl hefo chi. 'Ma chi amlen i'w warchod o.'

Mae'n rhaid fod Tricsi wedi rhoi'r argraff ei bod ar fin mynd allan o'r siop tatŵs hefo'i marsiandïaeth pan ddywedodd M.M wrthi:

'Dach chi am wisgo amdanach?'

'Fuos di bron bum awr,' meddai Moelwyn wrthi pan ddaeth Tricsi yn ei hôl. Plât gwag y salad ar y bwrdd.

'Naddo ddim? Do dŵad? Taw â deud,' ebe hi, 'Tisho gweld?'

Agorodd ei blows yn araf. Pob botwm yn araf. Moelwyn yn sbio a pheidio sbio ar yr un pryd.

Symudodd hi y defnydd o'r ffordd iddo gael gweld.

Dangosodd y tatŵ iddo.

Y 'llamhidydd' yn neidio ohoni.

'Tisho mela?' meddai wrtho.

Gwthiodd yntau flaen ei fys am allan nes cyrraedd amlinell y creadur. A'i gyffwrdd. Y math o gyffwrdd â blaen bys fel y byddai mamau ers talwm yn cyffwrdd jeli rasbyri ar gyfer te parti i edrach os oedd o wedi setio'n iawn cyn i'r rhyferthwy o blantos gyrraedd.

A thynnodd Maldwyn ei fys yn ôl â sydynrwydd, rhyw ddifrifoldeb mawr wedi meddiannu ei wyneb.

'Wti'n meddwl,' meddai ef, 'fod gin Joni Sowth datŵs?'

Nos Galan

Er mwyn hel pres at y 'Steddfod yr oedd rhywun – 'bruliant' oedd un sylw gwreiddiol – wedi cael y syniad o gynnal gwisg ffansi. Y thema fyddai – sypreis sypreis – Enwogion Cymru, hefo bwffe, bar, a thân gwyllt ar y lan môr i ddiweddu'r noson. Nos Galan, gyda llaw, fyddai'r noson. Dilynwyd y cynnig gyda sawl 'Bruliant' cymeradwyol arall.

'Ddoi di, wrth gwrs y doi di,' meddai Tricsi yn holi Moelwyn Paganussi a rhoi ei ateb iddo yr un pryd.

'Dduda i 'ti be',' ychwanegodd, 'Nawn ni'm deud wrth 'n gilydd be' fyddwn ni'n 'i wisgo a phw' dan ni fod. Mi gyrhaeddwn ar wahân a mi fympiwn i'n gilydd yn ystod y noson sgin i'm dowt. Cytuno. W't. Grêt.'

A dyma lle mae Tricsi y Nos Galan hon yn y Neuadd Goffa yn gwylied a dyfalu.

Wyth gwraig wedi gwisgo amdanynt yr un fath, y llythrennau M O R W Y N I O N B L O D E yn ffurfio wrth iddynt sefyll mewn un rhes. Daeth dwy arall atynt o gyfeiriad y bar hefo'r llythrennau coll U W E Dd. Trodd pob un mewn cytgord eu pennau am yn ôl a bu chwerthin mawr.

Ni allai Tricsi benderfynu ar y ddynes – dynes? – yn fancw: Kate Roberts? ta Gwenallt mewn drag?

Nid oedd hi'n rhy siŵr o gwbwl o 'Goewin Rhwng Dau Perv'.

Roedd Mati yno hefo pwdl go iawn.

Gwelodd Huw Edwards a Guto Harri.

T.H. Parry-Williams ond ei fod o bron yn chwe troedfedd.

Fan'cw roedd dyn? dynes? wedi gwisgo amdano/dani lwyth o ffoil aliwminiym a weiars peth-dal-cotia, ond wedi gorfod rhoi label mawr cardbord arni/arno ei hun i esbonio: Gwobr Llyfr y Flwyddyn. Os dach chi'n gorod rhoid label dyo'm 'di gwithio nacdi, meddyliodd Tricsi. Roedd 'na lot o labelau ar bethau o gwmpas lle.

Yr oedd rhywun – dau/dwy, dybed? – tu mewn i fag mawr siâp telyn a dwylo clwt yn hongian o'r tannau printiedig.

A ma Fo wedi dŵad fel fo'i hun. Mm, meddai Tricsi wrthi ei hun, a Chynan yn mynd heibio, ti ddim mor enwog a hynny'r hen foi.

Rhywun – dim cweit 'di dalld petha'? pryfocio? bod yn contrafyrshal fel y dywedir ffor'ma – wedi cyrraedd fel Kate Middleton a bag Waitrose yn ei llaw.

Gwelodd gyfrol gyntaf Geiriadur y Brifysgol yn pasio. Yn amlwg yn chwilio am yr ail gyfrol, oedd yn y pen pella' un, medrai Tricsi weld, wrth y bwrdd bwyd, llaw o'r clawr glas yn mela ymhlith y soseij rôls a'r fola-fons.

Dim golwg o Moelwyn Paganussi.

Ar y lan môr erbyn rŵan mae Tricsi'n edrych o'i chwmpas. Fe wêl y masgiau, y gwisgoedd, y chwerthin meddw. Y rhywbeth ciami.

A theimlodd uffern.

Lledodd yr ofn mwyaf drosti, ofn mai mewn byd o ddynwared, byd cymryd arno, yr oedd hi'n byw. Byd o ffuantrwydd.

Teimlodd law yn rhwbio'i thin.

Nid oedd am droi rownd. Nid oedd creu môr a mynydd ynddi heno.

Oedd! myn uffarn i, mi oedd. Trodd rownd yn barod hefo'r beltan ond nid oedd neb yna.

Clywodd y cyfrif a'r flwyddyn newydd yn dynesu.

DEG NAW WYTH SAITH CHWECH PUMP PEDWAR TRI DAU UN

Clec anferth a phetalau o liwiau amryliw yn gylchoedd hyd y düwch. Yn frech o oleuni hyd y môr du.

Yr oedd Tricsi wedi gweld llun o gell cancr drwy feicrosgop unwaith a meddyliodd wrth weld yn syth bin am dân gwyllt yn ffrwydro yn y ffurfafen. Rhyw brydferthwch difäol.

Blwyddyn Newydd Da, clywodd o bob cyfeiriad. Blwyddyn Newydd Dda. Blwyddyn Newydd Dda.

A rhith blwyddyn newydd nad oedd yn bod yn nunlle arall ond yng nghrebwyll pobl yn dyfod i fod.

Blwyddyn Newydd Dda, clywodd lais wrth ei hochr.

'Jenaral Custer!' meddai wedi troi i wynebu'r llais ac adnabod Moelwyn Paganussi, 'Be' sy wnelo Jenaral Custer hefo llenyddiaeth Cymru?'

'Dwnim duw,' ebe Moelwyn yn rhoi cusan iddi ac ogla diod braidd ar ei wynt, 'Dyo'm otj nacdi. Eniwe, pw' w't ti? Dwi fod i gesho?'

A thynnodd Tricsi ei mwgwd.